कबिरा खड़ा बाजार में

विचार प्रवाह

योगेन्द्र भक्त

अंजुमन प्रकाशन

Title : Kabira khada bazar me
Author : Yogendra Bhakta

Published By-
Anjuman Prakashan
942, Mutthiganj, Prayagraj, 211003
www.anjumanpublication.com
anjumanprakashan@gmail.com

Printed and bound in India.
First published by Anjuman Prakashan in 2023
ISBN : 978-81-959388-5-8
Copyright © 2023 Yogendra Bhakta
Printing rights reserved : Anjuman Prakashan 2023
Cover & Typeset by Anjuman Prakashan

Price in india: 200/-

समर्पण

समर्पण उन सभी महापुरुषों को जिनकी प्रेरणा से इस
पुस्तक की रचना संभव हो सकी।
साथ ही, पत्नी मालती एवं बच्चे रचना, विवेक और
विनय को।

आभार

स्वतंत्रता, समानता और बन्धुत्व लोकतंत्र के सर्वोच्च आदर्श हैं। लेकिन इन आदर्शों की प्राप्ति तब तक संभव नहीं है जबतक कि व्यक्ति एवं समाज अंधविश्वास से मुक्त न हो, लोगों में वैज्ञानिक सोच न हो तथा उनके विचार प्रगतिशील न हो। इस तरह के समाज के निर्माण के लिए हर स्तर पर प्रयास किए जाने की आवश्यकता है। प्रस्तुत पुस्तक इन्हीं प्रयासों की एक कड़ी मात्र है।

इस पुस्तक को लिखने की प्रेरणा मुझे अपने सहयोगियों से प्राप्त हुयी जिनसे चर्चाओं में अक्सर ऐसे विषय प्राप्त हुए जिनके संदर्भ में मुझे ऐसा एहसास हुआ कि लोगों को इन विषयों में अधिक सजग करने की जरूरत है। अतएव ऐसे सभी साथियों एवं सहयोगियों के प्रति आभार प्रकट करना मेरा दायित्व बनता है।

मेरी पत्नी और बच्चों की हार्दिक इच्छा थी कि में अपने विचारों को पुस्तकाकार दूँ। पुस्तक लेखन कार्य में इनका सहयोग और उत्साहवर्द्धन मेरे लिए काफी महत्वपूर्ण रहा है। अतएव मैं इन सभी के प्रति आभारी हूँ। पुस्तक के लेखन में मेरे सहयोगी श्री ए.पी. सिंह के सुझाव मेरे लिए काफी महत्वपूर्ण रहे हैं , जबकि डॉ. मनोज कुमार तिवारी ने काफी मनोयोग से प्रूफ रीडिंग की है। अतएव इन दोनों व्यक्तियों को मेरी तरफ से हार्दिक आभार ।

पुस्तक को वर्तमान स्वरूप देने में श्री राहुल तिवारी ने महत्वपूर्ण योगदान किया है तथा डॉ. तुफैल अख्तर ने मेरे और प्रकाशक के बीच एक कड़ी का कार्य किया है, जिससे पुस्तक वर्तमान स्वरूप में पाठकों के बीच है। अतएव दोनों व्यक्ति मेरे हार्दिक आभार के पात्र हैं।

अंत में मैं आभार प्रकट करता हूं अपने प्रकाशक अंजुमन प्रकाशन के प्रबंधक को जिनमें सहयोग के बिना इतनी अल्प अवधि में पुस्तक का प्रकाशन संभव न था।

प्राक्कथन

हमारे धार्मिक साहित्य में एवं अन्यत्र कई ऐसे कथन और उक्तियाँ समाहित है जो आज भी जनमानस में व्याप्त है, और एक तरह से हमारे व्यक्तिगत एवं सामाजिक जीवन के लिए नीति निर्देशक तत्व के रूप में कार्य कर रहे हैं। लेकिन आज के सामाजिक, आर्थिक तथा राजनैतिक परिस्थितियों तथा बदले हुए जीवन मूल्यों की पृष्ठभूमि में इनपर नये सिरे से विचार करने की आवश्यकता है। इस संकलन में ऐसी ही उक्तियों, कथनों एवं उद्धरणों पर विचार किया गया है।

ये उक्तियाँ जिन स्रोतों से उद्धृत की गयी है, उन स्रोतों में वर्णित पृष्ठभूमि में उक्तियाँ उचित एवं ग्राह्य प्रतीत हो सकती हैं, लेकिन बदली हुई परिस्थितियों में इनका उद्धरण दिया जाना समीचीन प्रतीत नहीं होता।

हमारा अधिकांश धार्मिक साहित्य जब लिखा गया देश में राजतंत्र अथवा सामंतवादी शासन व्यवस्था लागू थी। फलतः इस साहित्य में इस तरह के शासन की पोषक उक्तियों का पाया जाना सामान्य सी बात है। इसके अतिरिक्त सामान्य जनता भी अशिक्षित तथा अपने अधिकारों से अनभिज्ञ थी। फमतः उसमें व्यक्तिगत महत्वाकांक्षा की भी कमी थी। लेकिन आज सिर्फ अपने ही देश में नहीं, वरन विश्व के अधिकांश देशों में लोकतन्त्र है। जहाँ लोकतंत्र नहीं भी है, वहाँ की भी जनता अपने अधिकारों के प्रति सजग है तथा महात्वाकांक्षी भी है। पूरे विश्व में शिक्षा का भी काफी प्रचार प्रसार हुआ है। फिर भी कम से कम अपने देश में जनसंख्या का एक बड़ा हिस्सा अशिक्षित है जिसमें इस तरह की उक्तियों एवं कथनों का अत्यधिक प्रभाव है जो इनकी सोच को प्रतिगामी बनाते हैं और देश को पिछड़ेपन की ओर धकेल रहे हैं।

देश के शिक्षित तबके का एक हिस्सा भी ऐसे कथनों, उक्तियों अथवा विचारों का अपने निहित स्वार्थों के चलते समर्थक ही नहीं है वरन इनके प्रचार प्रसार में पूरे जोर शोर से लगा हुआ है। निश्चित ही इस तरह का प्रयास देश में मानवीय मूल्यों पर आधारित तथा वैज्ञानिक सोच वाला समाज निर्मित करने में बाधक है।

इस छोटी सी पुस्तिका में ऐसे ही कथनों एवं उक्तियों पर एक नये तरीके से विचार करने का प्रयास किया गया है ताकि पाठक को नये सिरे से विचार करने हेतु प्रेरित किया जा सके। आशा है पाठक खुले मस्तिष्क से इन उक्तियों एवं कथनो पर विचार कर आज के मूल्यों के अनुरूप निष्कर्षों पर पहुँचेंगे तथा स्वयं के साथ- साथ अन्य व्यक्तियों को भी लाभान्वित करेंगे।

इसके अतिरिक्त कालक्रम में लेखक के मन में विभिन्न मुद्दों पर उठने वाले विचारों को भी इस पुस्तिका में स्थान दिया है जो आम जन मानस को इन मुद्दों पर नये सिरे से विचार करने के लिए बाध्य करते हैं। आशा है पाठक इनसे भी लाभान्वित होंगे।

हमारे इस छोटे से प्रयास पर पाठकों की प्रतिक्रिया का स्वागत है।

योगेन्द्र भक्त

अनुक्रम

1. कबिरा खड़ा बाजार में ...

आज हमारे मस्तिष्क में कबीर का निम्नलिखित दोहा अचानक कौंध गया:

"कबिरा खड़ा बाजार में लिए लुकाठा हाथ
जो घर फूँके आपना चले हमारे साथ।"

यह दोहा मैंने अपने कालेज के दिनों में सुना था। इसके शब्दार्थ एवं भावार्थ को उस समय समझने की मैंने बहुत कोशिश की थी। पर समझ में नहीं आया था।

किसी के विचारों से सहमत होकर उसके साथ चलना या उसका अनुसरण करना अलग बात है, लेकिन उसके साथ जाने के लिए हम अपना घर फूँकने की शर्तें क्यों? हम अपना नुकसान क्यों करें? ऐसा करना तो मूर्खता होगी न?

संयोग वश आज ही मेरे एक मित्र तथा हिन्दी के एक पूर्व शिक्षक से मेरी मुलाकात हो गयी। लगे हाथ मैंने उनसे इस दोहे का अर्थ पूछ लिया। उन्होंने इसकी एक आध्यात्मिक व्याख्या दी, जो कबीर के एक संत होने के कारण मुझे सहज व्याख्या लगी।

उन्होंने बताया कि दुनिया एक माया का बाजार है। कबीर का कहना है कि यदि किसी को ईश्वर प्राप्ति के मार्ग पर चलना है तो उसे इस माया के बाजार का त्याग करना होगा। अपने अहंकार की तिलांजलि देनी होगी। तभी वह कबीर के बताए गए ज्ञान के मार्ग पर चल सकता है। लेकिन मुझे उनकी यह व्याख्या जमी नहीं।

तत्कालीन सामाजिक परिस्थितियों की तरफ से आँखे बंद कर लोगों को सिर्फ ईश्वर प्राप्ति के मार्ग पर चलने की शिक्षा देने वाले दूसरे समकालीन कवियों और संतों की तरह कबीर नहीं थे। यह कबीर ही थे जिनमें डंके की चोट पर निम्नलिखित पंक्तियाँ एक साथ कहने का साहस था :

" पाहन पूजे हरि मिलैं तो मैं पूजूँ पहाड़
ताते तो चक्की भली जो पीस खाए संसार।"

"कांकरि पाथरि जोड़ि कै मस्जिद लई बनाय
ता चढ़ि मुल्ला बांग दे क्या बाहिरा भया खुदाय। "

वास्तव में कबीर एक क्रांतिदर्शी कवि थे। हमें लगा कि कबीर अपनी उक्त पंक्तियों में इतनी आसान बात नहीं कहना चाहते थे। फिर मैं सोचने लगा, हमारा घर एक दायरा है, जो हमें बाँधकर रखता है। दिन भर चाहे हम दुनिया भर में भटक लें, शाम को हम घर ही लौट कर आते हैं, जहाँ हमें आकर थोड़ी ही सही सकुन अवश्य मिलती है। ऐसे घर को फूँकने की बात कहना अजीबोगरीब पर साहस की बात है।

फिर मैं सोचने लगा हम कितने दायरों में रहते हैं? धर्म का दायरा, जाति का दायरा, अहंकार का दायरा, परम्पराओं का दायरा, रीति रिवाजों का दायरा आदि। इन दायरों में रहने के हम अभ्यस्त हो जाते हैं और इस तरह अभ्यस्त हो जाते हैं कि इन दायरों में रहते हुए हमें कष्ट भी हो तो वह हमें महसूस नहीं होता और यदि महसूस भी होता है तो हम उसे अपनी नियति मानकर संतुष्ट हो जाते हैं। विडम्बना तो यह है कि अधिकांश लोगों को यह बोध ही नहीं होता कि वे कितने सीमित दायरे में रहते हैं। यही हमारे घरौंदे हैं, जिनको नये समाज के निर्माण के लिए तोड़ा या जलाया जाना आवश्यक है।

कबीर विभिन्न प्रकार की रुढियों से जकड़े समाज का नये सिरे से पुर्नगठन करना चाहते थे। उनके विचार मशाल के समान थे। कबीर के विचारों के सहगामी बनने के लिए अपने पुराने विचारों को, जो कि अवांछनीय थे, परित्याग करना उनकी पहली शर्त थी। "जो घर फूँके आपना " से कबीर का तात्पर्य अपने दकियानूसी विचारों के इन्हीं घरौंदों को जलाने का था, क्योंकि जीर्ण शीर्ण हो चुके मकान के स्थान पर नये मकान को बनाने के लिए पुराने मकान को ध्वस्त करना पहली शर्त होती है। लेकिन यह कार्य आसान कार्य नहीं होता। जिस मकान में हम वर्षों से रहते आए हैं, उसकी हर वस्तु से हमें लगाव हो जाता है, मकान जितना पुराना होता है लगाव उतना ही अधिक होता है। इसलिए समाज के पुनर्निर्माण के पथ पर चलने वाले लोगों के लिए अपना घर फूँकना कबीर की पहली शर्त है। वे सचेत करते हैं और चुनौती भी देते हैं, कि जिनमें इतनी हिम्मत और साहस हो वही उनके साथ चले।

कबीर की इस चुनौती को हम आज के परिपेक्ष्य में समझने की कोशिश करें।

आज पूरा हिंदुस्तान हिन्दू मुस्लिम झगड़े में लिप्त है। दोनों समुदायों के बीच की खाई बढ़ती जा रही है। सामाजिक सौहार्द बिगड़ता जा रहा है। सभी धर्मों के

लोग, धर्म गुरु इस एक बात पर सहमत हैं कि पूरी मानव जाति की उत्पत्ति एक ही गॉड, अल्लाह, ईश्वर, आदि पुरुष या आदि शक्ति से हुयी है। अतएव हम सभी समान हैं। कहते भी हैं "ईश्वर अंश जीव अविनाशी " तथा "सबका मालिक एक"। सदियों से एक साथ रहते भी आए हैं, लेकिन हमारे मस्जिद मंदिर एक साथ नहीं रह सकते।

आज समाज का एक बड़ा वर्ग यह मानता है कि जाति प्रथा का कोई औचित्य नहीं है। लेकिन यह वर्ग भी अंतर्जातीय विवाहों के समर्थन एवं कार्यान्वयन का साहस नहीं कर पाता। आज अंतर्धार्मिक . शादियां हो रही हैं, कई बड़ी हस्तियों का उदाहरण हमारे सामने है, फिर भी समाज के एक बड़े हिस्से के लोग शादियों के पहले जाति ही नहीं गोत्र का मिलान भी कर रहे है।

अंतर्धार्मिक, अन्तर्जातीय विवाह करने वाले लोगों का भी एक बड़ा हिस्सा जो उच्च शिक्षा प्राप्त भी है, दहेज के लोभ से मुक्त नहीं हो पा रहा है। कई लोग अपनी धार्मिक मान्यताओं, आस्थाओं के साथ इतनी दृढ़ता के साथ बंधे हैं कि अपने धर्म के अतिरिक्त किसी अन्य धर्म में अच्छाई न उन्हें देखाई देती है और न ही देखने का प्रयास करते हैं। साथ ही सैकड़ो हजारों साल पहले धर्म गुरुओं, धर्म प्रणेताओं द्वारा निर्मित सामाजिक नियमों को ज्यों का त्यों लागू करने का प्रयास एवं समर्थन करते हैं।

हर समझदार व्यक्ति यह जानता है कि यह सृष्टि क्षण प्रतिक्षण बदल रही है। बदलने से ही विकास होता है। पर व्यक्ति बदलने के लिए तैयार नहीं है। कई लोग जब बदलाव के लिए आगे बढ़ते हैं, उनके विरोधी तो उनका विरोध करते ही हैं, उनके घर-परिवार और समाज के लोग भी विरोधी बन जाते है। अगर व्यक्ति फिर भी अपने मिशन पर आगे बढ़ता है, उसका अपना ही परिवार साथ छोड़ देता है। कई बार परिवार नष्ट भी हो जाता है। यही तो "घर का जलना " है।

जरा सोचिए इस परिपेक्ष्य में कबीर की चुनौती कितनी बड़ी है? इसे स्वीकार करने के लिए कितने लोग तैयार हैं?

2. संस्कार

कुछ लोगों का कहना है संस्कार जन्मजात होते हैं। कुछ लोगों का मानना है संस्कार अपने पर्यावरण(पारिवारिक, सामाजिक, शैक्षिक, आर्थिक, राजनीतिक, धार्मिक, सांस्कृतिक वातावरण) से प्राप्त किए जाते हैं। वस्तुस्थिति को समझने के लिए पहले हम यह समझने का प्रयास करते हैं कि संस्कार क्या है?

विकीपीडिया के अनुसार "संस्कार शब्द का मूल अर्थ है शुद्धिकरण। मूलतः संस्कार शब्द का अभिप्राय उन धार्मिक कृत्यों से था जो किसी व्यक्ति को अपने समुदाय का पूर्ण रूप से योग्य सदस्य बनाने के उद्देश्य से उसके शरीर, मन और मस्तिष्क को पवित्र करने के लिए किए जाते थे। किन्तु, हिन्दू संस्कारों का उद्देश्य व्यक्ति में अभीष्ट गुणों का जन्म देना भी था। "संस्कार की इस परिभाषा के अनुसार संस्कार कुछ कर्मकांड हैं जो किसी व्यक्ति के जीवन में उसके माता-पिता, स्वयं अथवा उसके सगे संबंधियों द्वारा सम्पन्न किए जाते हैं। हिन्दू मान्यताओं के अनुसार इन संस्कारों की संख्या 16 है : गर्भाधान, पुंसवन, सीमान्तोन्नयन, जातकर्म, नामकरण, निष्क्रमण, अन्नप्राशन, चौलकर्म, कर्णवेधन, विद्यारम्भ, उपनयन, वेदारम्भ, केशांत, समापर्वतन, विवाह एवं अन्त्येष्टि। इनमें से कुछ को छोड़कर अन्य सभी प्रचलन से बाहर हो गए है। विशेष अवसरों पर होने वाले इन कर्मकांडीय संस्कारों(विवाह को छोड़कर) का प्रभाव व्यक्ति के जीवन पर लंबे समय तक पड़ना संभव प्रतीत नहीं होता। अतएव यह मानना उचित नहीं होगा कि ये सभी कर्मकांडीय संस्कार व्यक्ति के आचरण और व्यवहार को नियमित रुप से नियंत्रित करते हैं।

विकीपीडिया में ही संस्कार को परिभाषित करते हुए आगे लिखा गया है " संस्कारों के द्वारा मनुष्य अपनी सहज प्रवृतियों का पूर्ण विकास कर के अपना और समाज दोनों का कल्याण करता था। " इस उक्ति से यह स्पष्ट है कि संस्कार ऐसे कृत्य हैं, जिनसे मनुष्य की सहज प्रवृतियों में विकास होता है, जो कर्मकांडीय संस्कारों से संभव नहीं है। दरअसल कर्मकांडीय संस्कारों से इतर बोलचाल की भाषा में संस्कार शब्द का प्रयोग व्यक्ति के पर्यावरण के द्वारा समय के साथ उसकी सहज प्रवृतियों में किए जाने वाले विकास के अर्थ में किया जाता है। और इस तरह एक अच्छे संस्कारवान मनुष्य से अच्छे आचरण और व्यवहार की अपेक्षा की जाती है। कहा गया है " आपके संस्कार बताते हैं कि आपकी परवरिश कैसी हुयी है? ऐसे ही आपकी परवरिस बताती है कि आपका परिवार कैसा हैं। " इस तरह बोलचाल की भाषा में संस्कार का अभिप्राय मनुष्य के अन्दर सद्गुणों को विकसित करने से है।

इस अर्थ में संस्कार जन्मजात न होकर व्यक्ति के पारिवारिक, शैक्षिक, सामाजिक, आर्थिक, राजनैतिक, धार्मिक वातावरण से उत्पन होने वाले मानवीय गुण हैं।

एक अच्छे और स्वस्थ समाज के निर्माण के लिए यह आवश्यक है कि जिन व्यक्तियों में सामाजिक कर्तव्य बोध है, अपने आसपास के हर व्यक्ति को यथा संभव संस्कारित करने का प्रयास करें ताकि वह एक सभ्य नागरिक बन सके। अपने इस दायित्व के निर्वहन हेतु हममें से कितने लोग तैयार हैं?

3. संस्कार विहीन संततियाँ

किसी विद्वान में कहा है, "Everyone wants to live, to learn, to love and leave a legacy." प्रत्येक व्यक्ति जीना चाहता है, सीखना चाहता है, प्रेम करना चाहता है तथा कुछ उत्तराधिकार में छोड़कर जाना चाहता है। ये सभी मनुष्य की स्वाभाविक प्रवृतियाँ हैं। चाहे जीवन में कितना भी कष्ट हो शायद ही ऐसा कोई व्यक्ति मिलेगा जो मरने की स्वाभाविक इच्छा रखता हो। प्रत्येक व्यक्ति जीवन पर्यन्त कुछ न कुछ सीखता रहता है अथवा सीखने का प्रयत्न करते रहता है। प्रत्येक व्यक्ति के मन में यह स्वाभाविक इच्छा होती है कि उसके जीवन में एक या एक से अधिक ऐसे व्यक्ति हों जिनसे वह प्यार, स्नेह करे तथा ऐसे ही व्यक्तियों के लिए वह चाहता है कि जब यह संसार छोड़कर जाने लगे तो कुछ ऐसी चीजें विरासत के रूप में छोड़कर जाए कि आनेवाली संततियाँ उसका नाम लें।

जीने एवं सीखने भी इच्छा अधिकांश मनुष्यों में एक जैसी होती है लेकिन मनुष्य अपने प्रेम का दायरा जितना अधिक बढ़ाता जाता है वह उतना ही अधिक महान बनता जाता है। क्योंकि, उसका मन अधिकाधिक लोगों के कल्याण के लिए उद्वेलित होता है, उसके कार्य अधिकाधिक लोगों के लिए कल्याणकारी होते हैं। ऐसे ही व्यक्ति जब इस संसार को छोड़कर जाने लगते हैं तो अपने पीछे महान विरासतें छोड़कर जाते हैं।

विरासत छोड़कर जाने की इसी प्रबल इच्छा के कारण आम तौर पर लोग स्थायी सम्पत्तियों को अर्जित करते हैं। कई लोग संस्थाओं का निर्माण करते हैं . जिनसे उनका नाम चलता रहे। लेकिन इस तरह की भौतिक विरासते छोड़ पाना सबके बस की बात नहीं होती है। जिन लोगों का जीवन सिर्फ दो जून की रोटी, कपड़ा और मकान की जद्दोजहद में ही व्यतीत हो जाता है, ऐसे लोगों से किसी बड़े भौतिक विरासत की अपेक्षा नहीं की जा सकती है। लेकिन एक ऐसी विरासत है जो हर व्यक्ति कम से कम अपने परिवार के सदस्यों के लिए छोड़कर जा सकता है, वह है अच्छे विचारो और संस्कारों की विरासत।

जैसा कि पहले ही कहा जा चुका है, प्रत्येक व्यक्ति जीवन पर्यन्त कुछ न कुछ सीखते रहता है, इस सीखने की प्रक्रिया में उसके विचार और संस्कार बदलते रहते हैं। अब यदि व्यक्ति अपने जीवन का अन्त होने तक अपने बदले हुए विचारो और संस्कारों को अपनी बाद की पीढ़ियों में संचारित नहीं कर पाता है तो उसका जीवन भर का सीखना व्यर्थ हो जाता है। क्योंकि, उन्हीं विचारों और संस्कारों को ग्रहण करने के लिए बाद की संततियों को भी उतना ही अध्ययन करना पड़ेगा, अथवा

 कबिरा खड़ा बाजार में

सीखना पड़ेगा जितनी पिछली पीढ़ी के व्यक्ति को करना अथवा सीखना पड़ा था। इस प्रकार अगली पीढी की जीवन भर का मेहनत उसके संसार से विदा होते ही अन्य लोगों के लिए निरर्थक हो जाती है।

लेकिन, नयी पीढ़ी को नये विचारों और संस्कारों से संस्कारित करना आसान काम नहीं है। आज के भाग दौड़ की जिन्दगी में दो पीढ़ियों के बीच स्वस्थ संवाद के लिए समय निकाल पाना अत्यंत कठिन कार्य हो गया है। यही कारण है कि समाज में कई अच्छे संस्कारों वाले व्यक्तियों की संततियों के संस्कारहीन हो जाने अथवा समाजविरोधी कार्यों में लिप्त पाए जाने के अनेक उदाहरण मिल जाते हैं। अत: आवश्यकता इस बात की है कि प्रत्येक व्यक्ति यह अनिवार्य रूप से सोचे तथा उस सोच पर अमल करे कि वह अपने अर्जित ज्ञान, विचार और संस्कारों को अपनी संततियों में कैसे संचारित कर पाएगा? कितने ऐसे लोग है जो ऐसा कर पाने में सक्षम हैं?

4. परम्पराएं

परम्पराएं भी कभी-कभी विचित्र ढंग से अपना स्वरूप धारण करती हैं। एक महात्मा जी अपने सत्संग में एक कहानी सुनाया करते थे। एक गांव से कुछ किलोमीटर की दूरी पर एक मेला लगा करता था। वहां गांव के लोग विशेषकर औरतें और बच्चे घर में बने हुए पकवान को लेकर देवस्थल पर पूजा चढ़ाने के लिए पैदल ही जाया करते थे।

गांव से देवस्थल के बीच का रास्ता कुछ किलोमीटर तक सुनसान था।

ऐसे ही एक मेले के दिन एक औरत पूजा के लिए अपने एक हाथ में पूजा की थाल जिसमें पकवान और कुछ फूल वगैरह रखे थे तथा दूसरे हाथ में पानी से भरा हुआ लोटा लिए हुए थी, उसी सूनसान रास्ते से गुजर रही थी। आगे-पीछे काफी दूर तक कोई दूसरा यात्री न था। उसके एक पैर में अचानक हल्के से ठोकर लगी तथा हाथ का संतुलन बिगड़ने से कुछ पकवान तथा फूल सड़क के एक किनारे की तरफ गिर पड़े। पूजा के लिए उस औरत ने गिरे हुए पकवान एवं फूलों को उठाना उचित नहीं समझा और आगे बढ़ गयी। तभी एक कुत्ता पीछे से आया और उस गिरे हुए पकवान पर पेशाब कर चला गया। थोड़ी देर बाद एक दूसरी औरत वहां से गुजरी। वह थोड़ी ज्यादा समझदार थी, लेकिन उसने पिछले प्रकरण को देखा न था। उसने सोचा इस स्थान पर अवश्य ही कोई विशेष बात है। अतएव, उसने अपनी थाल से कुछ पकवान निकाले तथा पहले से गिरे पकवान के समीप कुछ और पकवान रख दिया। सिन्दूर से बगल में टीका किया, फिर जल चढ़ाया और आगे चल दी। अब रास्ते से जो कोई भी पूजार्थी गुजरता तो यह सोचकर कि जरूर इस स्थान पर किसी देवता का वास है, पकवान और फूल चढ़ा जाता। कुछ ही समय बाद किसी व्यक्ति को उक्त स्थल पर आय का एक अतिरिक्त स्रोत नजर आया और उसने एक पत्थर वहाँ रख दिया और वहीं बैठकर लोगों को पूजा और चढ़ावा चढ़ाने के लिए प्रेरित करने लगा। समय के साथ धीरे-धीरे वहाँ एक नया पूजा स्थल विकसित हो गया। लोग मनौतियाँ माँगने वहाँ पहुँचने लगे और कुछ लोगों को वांछित लाभ हो जाने के बाद और भी भव्य रूप में पूजा चढ़ाने लगे।

परम्पराएँ सामूहिक आदतें है। आदतें वे कार्य होते है जिन्हें मनुष्य स्वभावतः अथवा बिना सोचे-समझे करता है। इन कार्यों को करने के लिए मनुष्य को अपने मस्तिष्क पर जोर नहीं देना पड़ता है। कुछ भी सोच- विचार करने की आवश्यकता नहीं पड़ती। मनुष्य यंत्रवत कार्य करता है।

भौतिक शास्त्र में न्यूटन के गति का पहला नियम जड़त्व का नियम कहलाता

 कबिरा खड़ा बाजार में

है। इसके अनुसार कोई भी वस्तु यदि स्थिर अवस्था में है तो स्थिर ही रहेगी अथवा एक समान वेग से किसी दिशा में गतिशील है तो उसी वेग से उसी दिशा में तबतक गतिशील रहेगी जब तक कि कोई बाह्य बल उसे स्थिरावस्था अथवा एक समान वेग की अवस्था को बदलने के लिए बाध्य न कर दे। मतलब कोई भी वस्तु जिस अवस्था में है, उसी अवस्था में रहना चाहती है, जब तक कि अवस्था बदलने हेतु कोई बाह्य कारक उसे विवश न करे। हम कहते हैं कि वस्तुओं का यह गुण उनमें निहित जड़त्व के गुण के कारण होता है। यह जड़त्व सिर्फ वस्तुओं में ही नहीं होता वरन हमारे मस्तिष्क में भी होता है। मस्तिष्क का कार्य है सोच विचार करना है। लेकिन तार्किक ढंग से सोचना विचारना एक कठिन कार्य है। मस्तिष्क अपने जड़त्व के गुण के कारण यह कार्य नहीं करना चाहता जब तक कि कोई विशेष कारक उसे सोचने के लिए बाध्य न करे। यही कारण है कि एक आम आदमी अपने मस्तिष्क की इस क्षमता का उपयोग 5% भी नहीं कर पाता है। यदि 10% मनुष्य भी अपने मस्तिष्क की क्षमता का 50% भी सोचने लगे तो पूरी दुनिया का स्वरूप बदलने में देर न लगेगी। आदतें और परम्पराएँ भी मनुष्य के मस्तिष्क के जड़त्व का ही परिणाम है।

क्या आपने कभी सोचा है कि आपके आस पास कौन सी परम्पराएँ सारहीन मूल्यों पर आधारित हैं, जिनको बदल दिए जाने अथवा छोड़ दिए जाने की आवश्यकता है?

5. शंबूक, वाल्मीकि एवं श्रीराम

शंबूक की कहानी बाल्मीकि रामायण की एक चर्चित एवं विवादास्पद कहानी है । कहानी कुछ इस प्रकार है । भगवान श्रीराम लंका विजय प्राप्त कर अयोध्या लौट चुके हैं तथा कुशलता पूर्वक अयोध्या का राज्य संभाल रहे हैं । तभी एक दिन एक वृद्ध ब्राह्मण अपने जवान पुत्र का शव लेकर भगवान श्रीराम के पास पहुँचता है और भगवान श्रीराम पर दोषारोपण करते हुए कहता है कि हे राजन आपके राज्य संचालन में कोई न कोई खोट है, जिसके कारण मेरे पुत्र की अकाल मृत्यु हो गयी है, इस तरह की अकाल मृत्यु सिर्फ अयोध्या राज्य में ही हो रही है अन्य राज्यों में नहीं । इसलिए आप इस अकाल मृत्यु के लिए दोषी है । अतएव या तो आप हमारे पुत्र को जीवित कर दीजिए अथवा जिन कारणों से ऐसा हो रहा है, उनका निराकरण कीजिए । यदि आप दोनों कार्यों में से कोई एक नहीं करते हैं, तो मैं भी अपना प्राण आपके दरवाजे पर ही त्याग दूँगा और मेरे इस कृत्य का सारा का सारा दोष आपको लगेगा ।

ब्राह्मण के वचन को सुनकर भगवान चिंतित हो गये । उन्होंने ऋषियों को मंत्रणा के लिए बुलाया । ऋषियों ने यह सुझाव दिया कि राज्य में कोई न कोई व्यक्ति शास्त्र सम्मत आचरण नहीं कर रहा है, जिसके चलते ऐसी स्थिति उत्पन हुयी है । ऋषियों के इस सुझाव के बाद हर दिशा में शास्त्र विरुद्ध आचरण करने वाले व्यक्ति की खोज होने लगी । इसी खोज के क्रम में भगवान श्री राम ने दक्षिण दिशा में एक स्थान पर शंबूक को उल्टा लटक कर घोर तपस्या में लीन पाया । जब भगवान श्रीराम नें शंबूक से पूछा, उसने बताया कि वह एक शूद्र है, और स्वर्ग पाने की लालसा से वह घोर तपस्या में लीन है । इसके बाद भगवान ने शंबूक से अन्य कोई प्रश्न नहीं पूछा और उसे धर्म विरुद्ध आचरण का दोषी मानकर उसका वध कर दिया ।

वर्तमान समय के सामाजिक, नैतिक मूल्यों को ध्यान में रख कर भगवान श्रीराम के आलोचक कई प्रश्न खड़े करते हैं यथा

1. क्या शंबूक का तपस्या करना गुनाह था?

2. तपस्या से तो भगवान को खुश होना चाहिए, फिर उन्होंने हत्या क्यों की?

3. क्या भगवान श्रीराम अकारण हत्या के दोषी नहीं हुए?

4. क्या शंबूक की हत्या एक शूद्र को तपस्या / शिक्षा से वंचित करने के लिए नहीं की गयी?

इन प्रश्नों का संतोषजनक उत्तर दे पाना किसी भी उक्त घटना के समर्थक के

लिए आसान काम नहीं हैं। फिर भी इन प्रश्नों का उत्तर इसप्रकार से देने का प्रयास कई लोगों द्वारा किया जाता है।

1 . भगवान मर्यादा पुरुषोतम थे। उस समय किसी भी शूद्र के द्वारा तपस्या किया जाना धर्म विरुद्ध आचरण था। इसलिए तत्कालीन धर्म का पालन करते हुए भगवान ने शंबूक का वध किया।

2 अतएव भगवान हत्या के दोषी नहीं हैं। अन्य आरोप मिथ्या हैं।

इस प्रकरण में मेरे कुछ अपने प्रश्न हैं, जिसके उत्तर विज्ञ जनों से अपेक्षित हैं :

1. यदि भगवान राम मर्यादा पुरुषोत्तम थे, तो उनका धर्म सिर्फ प्रचलित मर्यादाओं का पालन करना ही था या नयी मर्यादाओं की स्थापना भी था? अगर महापुरुष नये रास्ते पर न चलें और सिर्फ पुराने ही रास्ते का अनुसरण करें तो फिर इस उक्ति का क्या अर्थ रह जाएगा " महाजनो येन गताः स पंथाः "।

2. आज यह बहु प्रचारित मान्यता है कि वाल्मीकि भगवान श्रीराम के समकालीन थे साथ ही शूद्र एवं तपस्वी भी थे। यह बात मानना संभव नहीं है कि भगवान श्रीराम इस तथ्य से अनभिज्ञ होंगे। फिर जिस आधार पर भगवान ने शंबूक का वध किया उसी आधार पर उन्होंने वाल्मीकि की हत्या क्यों नहीं की?

3. जिस युग में शूद्रों का पढ़ना लिखना वर्जित था, तपस्या वर्जित थी उस युग में पढ़ लिखकर वाल्मीकि ने रामायण कैसे लिख दी? और तपस्या कर वे ऋषि कैसे हो गए?

6. साहित्यकार एवं सदुपयोगिता

राजेन्द्र कालेज छपरा में डा. राजेन्द्र किशोर नाम के एक हिन्दी के प्राख्यात प्रोफेसर हुआ करते थे। उनकी हिन्दी की कक्षाओं को अटेंड करने के लिए के लिए इण्टरमीडियट विज्ञान संकाय के छात्र-छात्रा काफी लालायित रहते थे। एक तो हिन्दी के पीरियड् कम होते थे और दूसरे अध्यापन करनेवाले कई प्राध्यापक थे।

मेरे याद्दाश्त में अभी भी डा. किशोर भी वह कक्षा तरोताजा है, जिसमें उन्होंने यह बताया था कि वह भाषा सबसे अधिक समृद्ध मानी जाती है, जिसमें एक शब्द के अधिक से अधिक अर्थ होते हैं। दूसरे शब्दों में जिस भाषा में एक ही शब्द के अधिक से अधिक पर्यायवाची शब्द होते हैं, ऐसी भाषा का शब्दकोश समृद्ध होता है। इसलिए भाषा भी समृद्ध होती है।

इसी प्रकार वह साहित्यकार (विशेष कर कवि) अधिक महान माना जाता है, जिसकी रचनाओं के अर्थ एकाधिक प्रकार से निकाला जा सकता है। जिनके कई भाष्य हो सकते हैं, व्याख्याएँ हो सकती हैं। धार्मिक साहित्य के मामले में यह बात विशेष रूप से लागू होती है। हम सभी का यह अनुभव है राम चरित मानस की एक ही चौपाई की व्याख्या, श्रीमद्भागवत के एक ही श्लोक की व्याख्या रामायण या गीता के एक ही श्लोक का अर्थ अलग अलग भाष्यकार अलग अलग प्रकार से करते हैं। निश्चित ही इस प्रकार के कवियों को काफी प्रतिभावान माना जाना चाहिए। ठीक उसी प्रकार जैसे किसी नाटक का कलाकार जितनी अधिक प्रकार की भूमिकाओं का निर्वहन कुशलतापूर्वक कर सकता है, वह उतना ही अच्छा अभिनेता कहलाता है। ठीक उसी प्रकार जैसे एक बहुरूपिया जितने अधिक रूपों को धारण कर सकता है, वह उतना ही अधिक उम्दा कलाकार कहा जाता है। लेकिन एक अभिनेता जितनी भूमिकाओं को निभाता है वह उसका सत्य स्वरूप नहीं है। एक बहुरुपिया जितने भी रूप धारण करता है, उनमें से कोई भी उनका सत्य स्वरूप नहीं होता है।

सत्य हमेशा एक होता है। अगर एक ही सत्य को अलग-अलग व्यक्ति अलग-अलग प्रकार से कह रहे हैं तो वे सत्य के करीब हो सकते हैं, पर पूरी तरह सत्य नहीं हो सकते। फिर किसके कथन में कितना वह सत्य है, कहना और भी मुश्किल है। इसी लिहाज से मुझे यह उक्ति "एकम् सद् विप्राः बहुधा वदन्ति" सही प्रतीत नहीं होती।

आज जितने भी कथाकार हैं, गूढ चौपाइयों और श्लोकों का अर्थ अपने-अपने ढंग से अपनी मान्यताओं के अनुकूल बनाते हुए बताते हैं। लेकिन उनके

लेखकों ने सिर्फ एक ही भाव अथवा अर्थ को ध्यान में रखते हुए उन्हें लिखा होगा। अतः अनेक अर्थ में से सिर्फ एक के ही सत्य होने की संभावना है। हो सकता है कि वह भी न हो। जो चीज सत्य नहीं होती विश्वसनीय नहीं होती और यदि कोई चीज विश्वसनीय नहीं है तो वह सम्मानीय भी नहीं है। अतः इन कथाकारों की व्याख्याओं को मेरे विचार से इसी रूप में ग्रहण करना लोगों और समाज के हित में है। अत: इन कथाकारों और भाष्य कारों के चक्कर में पड़ कर धार्मिक ग्रंथों की की गयी व्याख्याओं के पीछे किसी भी तरह की वैमनस्यता पालना मूर्खता के सिवाय कुछ नहीं है। इतना तो तय है कि इन धार्मिक पुस्तकों के लेखकों ने इन्हें एक अर्थ और एक उद्देश्य के साथ लिखा है, और भाष्यकारों द्वारा यदि उनकी व्याख्या कई तरह से की जाती है तो या तो इसमें उनकी अज्ञानता छिपी है, अथवा स्वार्थ। ये दोनों हमें गलत रास्ते पर ले जा सकते हैं।

अब एक प्रश्न उठता है कि यदि कोई रचना मूल रूप में लोगों की समझ से बाहर है तब, क्या करनी चाहिए। मेरे विचार से ऐसी रचनाओं के उसी भाष्य को स्वीकार करना चाहिए जो वर्तमान समय के सर्वमान्य मानवीय एवं नैतिक मूल्यों का समर्थन करता हो।

7. साहित्यकार, प्रतिभा और उसका सम्मान

भौतिक शास्त्र में कार्य करने की क्षमता को ऊर्जा कहते हैं। यह कार्य करने की क्षमता न तो धनात्मक होती है और न ही ऋणात्मक। हां, जब कार्य एक दिशा में होता है तो इसे हम सुविधा के लिहाज से धनात्मक कह लेते हैं और उसके विपरीत दिशा में होता है तो ऋणात्मक। कार्य जब किसी एजेन्सी के द्वारा किया जाता है तो उसके द्वारा किए गए कार्य को धनात्मक कह लेते है, तथा उस एजेन्सी पर बाह्य कारकों द्वारा किए गए कार्य को ऋणात्मक कह लेते हैं, क्योंकि भौतिक विदों ने ऐसी ही मान्यता स्थापित की है।

व्यक्ति की प्रतिभा भी एक तरह की ऊर्जा ही है। यह न तो धनात्मक होती है और न ही ऋणात्मक। यह व्यक्ति के संस्कारों और विचारो पर निर्भर करता है कि कि वह अपनी प्रतिभा का उपयोग किस प्रकार करेगा - समाज के लिए उपयोगी कार्यों के लिए करेगा अथवा विध्वंसक कार्यों के लिए करेगा। वह अत्यंत धार्मिक बनेगा अथवा नास्तिक बनेगा?

यद्यपि मस्तिष्क के अलग अलग तंतुओं के अलग-अलग विकास के कारण किसी व्यक्ति में वैज्ञानिक बनने की प्रतिभा हो सकती है, किसी में कलाकार बनने की और किसी में साहित्यकार बनने की। लेकिन एक वैज्ञानिक समाजोपयोगी आविष्कारों को इजाद करेगा अथवा विध्वंसक यह उसके विचारों और संस्कारों पर निर्भर करेगा। इसी प्रकार एक लेखक या कवि अंधविश्वास को बढ़ावा देगा अथवा वैज्ञानिक सोच को यह उसके विचारों और संस्कारों पर निर्भर करेगा।

स्पष्ट है कि एक बड़े(प्रतिभावान) कवि एवं लेखक की रचनाएँ कोई आवश्यक नहीं है कि आज के लिए स्वीकृत सामाजिक एवं मानवीय मूल्यों के अनुरूप ही हों, बल्कि इसके विपरीत भी हो सकती हैं। इसलिए हर बड़े लेखक और कवि की रचनाओं से प्राप्त होने वाले सभी संदेश अनुकरणीय ही हों, यह आवश्यक नहीं।

अतएव, लच्छेदार वाक्यों के शब्द विन्यास पर ज्यादा ध्यान देने की आवश्यकता नहीं है, और न ही अलंकारों के आकर्षण में पड़ने की आवश्यकता है, अनुकरणीय वही संदेश हैं, जो आज के बहुसंख्यक विश्व समुदाय द्वारा स्थापित स्वतंत्रता, समानता और बंधुत्व के मानकों के अनुरुप हो।

विशाल जनसंख्या वाले देशों में एक दूसरे के विपरीत विचार रखने वाले लोगों और सामाजिक राजनीतिक संस्थाओं की कमी नहीं हैं। प्रत्येक समूह में एक से एक प्रतिभावान कवि और लेखक मिल जाएँगे जो विलक्षण रुप से अपनी बातों को जनता के सामने रखते हैं। कई बार जनता भ्रमित हो जाती है, कि इतना विलक्षण

प्रतिभा वाला व्यक्ति ऐसे विचार रखता है, तो इसका अर्थ हुआ कि इसके विचार सही और अनुकरणीय होंगे ही। लेकिन यहीं सावधान हो जाने की जरूरत है। प्रतिभावान होने का मतलब सही होना नहीं है। बहुत पढ़े लिखे लोग भी झूठ बोलते हैं। कहीं ज्यादा चतुराई से झूठ बोलते हैं, जिसे पकड पाना आम आदमी के लिए कठिन होता है।

इसलिए प्रतिभा की चकाचौंध में पड़ना ठीक नहीं। प्रतिभावान व्यक्तियों के संदेशों पर भी पहले गहनता से चिन्तन की आवश्यकता है। चिन्तन से उसे विश्व समुदाय द्वारा वर्तमान समय में स्वीकृत मानवीय मूल्यों की कसौटी पर कसना आवश्यक है। यदि वे संदेश इन कसौटियों पर खरे उतरते हैं तभी उनका अनुकरण किया जाना चाहिए।

8. समय का साक्ष्य-1

अभी कुछ ही दिनों पूर्व मेरे एक मित्र ने एक विडियो शेयर किया है जिसमें उन सभी गैजेट को दिखाया गया है जो साठ से अस्सी के दशक में प्रचलन में थे लेकिन अब प्रचलन से बाहर हो गए हैं, उदाहरण के लिए मेडियम एव शॉट वेब रेडियो, पॉकेट रेडियो, कैथोड रे टेलिविजन, नम्बर डायलिंग टेलिफोन, जीप, ड्राइसेल टार्च आदि। करीब 50 सालों के अंतराल में इन गैजेट का स्थान नये गैजेट ने ले लिया है। 50 वर्षों में ही ये चीजें इतिहास की बाते हो गयी हैं और नयी पीढ़ी के बच्चों को इन्हें दिखाकर हम यह कहने के लिए विवश हैं, कि हमारे बचपन के दिनों में चीजें ऐसी थीं।

लेकिन यह कोई नया तथ्य नहीं है। सदियों नहीं हजारों लाखों सालों से ऐसा ही होता आया है। समय के साथ टेक्नोलाजी बदली है, नयी टेक्नोलाजी के साथ पुरानी चीजें समाप्त हुयी है, और उनके स्थान पर नयी चीजें आ गयी हैं। कभी लोग पैदल चलते थे, फिर जानवरों की सवारी, फिर बैल गाड़ी, घोड़ा गाड़ी का उपयोग करने लगे। फिर साइकिल आयी, मोटर गाड़ी, फिर मोटर साइकिल, बस, कार, ट्रेन, हवाई जहाज अब इलेक्ट्रिक वाहन। इनमें से प्रत्येक वाहन समय के एक काल खण्ड का प्रतिनिधित्व करता है। यह बात सभी गैजेट या भौतिक संसाधनों के लिए लागू होता है।

सहसा हमारा ध्यान रामामण और महाभारत काल की तरफ जाता है। कहा जाता है दोनों दो युगों की कथाएँ हैं क्रमश: त्रेता और द्वापर युग की। दोनों युगों के बीच कुछ लोगों के अनुसार लाखों वर्षों का अन्तराल है, कुछ लोगों के अनुसार हजारों वर्षों का। दोनों कहानियों के देखने से ऐसा लगता है, कि वे कहानियाँ तब की हैं जब

1. आग की खोज हो चुकी थी,

2. तीर धनुष का आविष्कार हो गया था

3. लोग शिकार करने लगे थे,

4. लोहे की खोज हो गयी थी,

5. घोड़ा गाड़ी का आविष्कार हो गया था।

6. सोने की खोज हो गयी थी।

7. लोग वस्त्र एवं आभूषण पहनने लगे थे।

8. समाज राज्यों के रूप में संगठित हो गए थे

9. राज्य एवं राजा की अवधारणाएं मान्यता प्राप्त कर चुकी थी।

10. लोग मानने लगे थे कि राजा का मुख्य कार्य प्रजा पालन या लोक कल्याण है।

11. एक राजा दूसरे पर आधिपत्य जमाने की भावना से प्रेरित थे और आपस में लड़ते भी थे।

उपरोक्त तथ्यों के आलोक में प्रश्न यह उठता है कि रामायण और महाभारत काल में जिनमें इतने अधिक वर्षों का अंतराल है, तकनीकी के क्षेत्र में क्या भिन्नताएँ थीं, जो दोनों कथाओं के काल खण्डों के बीच अन्तर करती हैं। जब पिछले 50 वर्षों में हम तकनीकी क्षेत्र में इतना अधिक बदलाव देखते हैं, तब उक्त दोनों कहानियों के काल खण्डों में इतनी अधिक समानताएँ कैसे हैं?

९. समय का साक्ष्य-॥

डी. ए . वी. हाई स्कूल, सीवान में हिंदी के मेरे एक शिक्षक थे। नाम था श्री मधुसूदन पाण्डेय। अच्छी अध्यापन शैली एवं विद्यार्थियों से वात्सल्यपूर्ण व्यवहार के कारण उन्हें कक्षा- 8 के स्कालरशिप प्राप्त विद्यार्थियों, जो घर छोडकर पहली बार आवासीय विद्यालय में आते थे, का वर्गशिक्षक नियुक्त किया जाता था। पाण्डेय जी अक्सर एक कहानी सुनाया करते थे जिसमें एक गरीब बुढ़िया अपने पोते को एक कहानी सुनाती है, जो कुछ इस प्रकार होती है- एक राजा था। उसके दो लड़के थे। जब वे बड़े हुए तो राजा ने उन्हें कमाने के लिए बाहर भेजने हेतु सोचा और उनसे कहा कि अब तुम लोग बड़े हो गए हो, तुम्हें काम करने के लिए बाहर जाना चाहिए। पिता की आज्ञा मानकर दोनों लड़के दूसरे ही दिन काम की खोज में पैदल ही घर से निकल पड़े... आदि आदि ! कहानी में बुढिया भले ही कहानी एक राजा नाम पर शुरू करती है लेकिन कहती वही है जो वह अपने अड़ोस पड़ोस के लोगों को दिन प्रतिदिन अपने राजमर्रा के दिनों में देखती ओर भुगतती है। अन्यथा एक राजा के लड़कों को कमाने के लिए बाहर जाने की क्या आवश्यकता ? लेकिन चूंकि बुढिया स्वकल्पित कहानी कह रही होती है, इस कारण उसके कहानी के पात्र वही सब रहे होते हैं, जो वह अपने जीवन में लोगों को करते वह देखती है तथा कहानी में समाज की सामाजिक, आर्थिक एवं भौतिक परिस्थितियों का ही चित्रण करती है, क्योंकि उसकी कल्पना शक्ति को भी तत्कालीन परिस्थितियाँ बिना प्रभावित किए नहीं रह सकती। शायद यही कारण है कि कहा गया है साहित्य समाज का दर्पण होता है। क्योंकि साहित्य कार यदि न भी चाहे तब भी उसके साहित्य में उसके समकालीन सामाजिक, आर्थिक, राजनैतिक भौतिक परिस्थितियो का वर्णन स्वतः आ ही जाता है। यही बात समाज में व्याप्त भाषा शैली, शब्दों तथा भौतिक संसाधनों आदि के लिए भी लागू होती है। साहित्यकार चाहे किसी भी कालखंड की पृष्ठ भूमि में रचना कर रहा हो वह अपनी रचना में अपने समकालीन कालखंड की छाप छोड़ ही जाता है।

उपरोक्त तथ्य को और भी स्पष्टता से समझने की कोशिश करते है। डा० अम्बेडकर ने अपनी रचना "भगवान बुद्ध एवं उनका धम्म " में बुद्ध के लिए बार बार "तथागत" नाम का उपयोग किया है। तथागत शब्द के अर्थ से यह स्पष्ट है कि यह नाम महात्मा बुद्ध को उनके परिनिर्वाण के बाद ही दिया गया होगा। अतएव पुस्तक में तथागत शब्द का आना ही यह स्पष्ट कर देता है कि रचना बुद्ध के परिनिर्वाण के बाद की है।

कबिरा खड़ा बाजार में

हमारे हिन्दू धर्म ग्रंथों में जितने भी देवता हैं, उनकी सवारियों के रूप में विभिन्न प्रकार के जानवरों की कल्पना की गयी है। इससे दो बाते स्पष्ट होती हैं, पहली कि इन देवाताओं का कालखंड वह रहा होगा, जिस समय यातायात के साधन के रूप में पशुओं का ही उपयोग होता होगा। दूसरी बात कि इन ग्रंथों की रचना के समय भी संभव है यातायात के दूसरे साधन न ईजाद हुए हों।

उपरोक्त उदाहरणों से यह स्पष्ट हो चुका है कि कोई भी रचनाकार अपनी रचना में उसके कालखंड की छाप अवश्यमेव छोड़ जाता है। इस तथ्य के आलोक में "समय के साक्ष्य -I" जिसमें रामायण और महाभारत के कालखंडों पर प्रश्न उठाए गए हैं को विचार करने पर यह स्पष्ट होता है कि दोनों महाकाव्यों का रचनाकाल (कहानियों का काल खंड नहीं) एक ही प्रतीत होता है।

यह तर्क कि पहले का समाज सरल था तथा भौतिक प्रगति धीमी थी इस कारण दोनों कहानियों में प्रयुक्त भौतिक संसाधनों में स्पष्ट अन्तर नहीं दिखायी देता है उचित प्रतीत नहीं होता है। इस संदर्भ में मेरा यही मानना है कि भौतिक प्रगति की गति भले ही धीमी रही हो, लेकिन यह थमी नहीं हैं और जब समयांतराल हजारों लाखों वर्षों का हो तब तो इन कहानियों में प्रयुक्त भौतिक संसाधनों में अन्तर स्पष्ट दिखायी देना ही चाहिए।

10. यो ध्रुवाणि परित्यज्य...

चाणक्य नीति की भारतीय समाज में बहुत अधिक प्रतिष्ठा है। इसमें दिए गए सूक्तों की चर्चा लोग अक्सर करते हैं। इन्हीं प्रचलित सूक्तों में से एक सूक्त जो प्राथमिक / माध्यमिक विद्यालयों के पाठ्यक्रम में भी अक्सर शामिल पाया जाता है, निम्नवत् है :

"यो ध्रुवाणि परित्यज ह्यध्रुवं परिसेव्यते ।
ध्रुवाणि तस्य नश्यंते अध्रुवाणि नष्टमेव च ॥"

जिसका शाब्दिक अर्थ है जो व्यक्ति निश्चित को छोड़कर अनिश्चित को प्राप्त करने की चेष्टा करता है उसका अनिश्चित तो विनष्ट होता होता ही है, निश्चित भी विनष्ट हो जाता है। इस श्लोक की व्याख्या कई संदर्भों में की जा सकती है, यथा आप अपने जीविकोपार्जन हेतु कुछ बनने का लक्ष्य निर्धारित किए हुए हैं और आप को दृढ़ विश्वास है कि वह लक्ष्य आप आसानी से प्राप्त कर लेंगे। इसी बीच उससे भी बड़ा लक्ष्य आपके सामने आ जाता है। लेकिन इस लक्ष्य को पाने में आपके सफल होने की संभावना थोड़ी कम है। ऐसे में चाणक्य नीति के उक्त श्लोक के अनुसार पहले आपको अपने पहले वाले लक्ष्य को प्राप्त कर लेना चाहिए। अन्यथा दोनों लक्ष्यों के नहीं मिल पाने का खतरा बढ़ जाता है।

आपको एक आवश्यक कार्यवस बगल के किसी शहर में जाना है। आप रास्ते में किसी स्टैंड पर खड़े हैं, तभी सामने से एक बस आती है जो साधारण बस है और आपको दो घंटे में आपके गंतव्य स्थल तक पहुंचा देगी। तभी बगल में खडा यात्री आपको बतलाता है कि इस बस के 5 मि बाद एक दूसरी बस आने वाली है जो एक्सप्रेस है तथा पहली बस की अपेक्षा 30 मि० पहले ही आपके गंतव्य स्थल तक पहुँचाएगी। पर उसके बाद से फिर कोई बस नहीं आनेवाली है। इसतरह पहली बस आ चुकी है जो दूसरी की अपेक्षा आधे घंटे विलम्ब से गंतव्य तक पहुँचाएगी जबकि दूसरी बस 15 मि. विलम्ब से आएगी पर 30 मि पहले पहुँचाएगी। इस तरह चूँकि पहली बस सामने है, उसके आने में कोई संदेह नहीं है। अतएव इस श्लोक के अनुसार दूसरी बस जिसके आने में अभी संदेह है पर वरीयता देते हुए व्यक्ति को पहले बस से ही अपनी यात्रा करनी चाहिए।

इसी प्रकार दिन प्रतिदिन के जीवन में भी ऐसी अनेक परिस्थितियों का सामना प्रत्येक व्यक्ति को करना पड़ता है जिसमें उसे निश्चित प्रतिफल और अनिश्चित

प्रतिफल वाली परिस्थितियों में से किसी एक का चुनाव करना पड़ता है। इस प्रकार यह श्लोक नई चुनौतियों को स्वीकार करने के प्रति हतोत्साहित करता है।

आज भी भारतीय समाज के अधिकांश लोगों के मन में यह धारणा बनी हुई है कि इस धरती से इतर कोई स्वर्ग नरक लोक है जहाँ मृत्यु के पश्चात मनुष्य की आत्माएँ पृथ्वी पर के अपने जीवन के कर्मों के अनुरुप पहुँचती हैं तथा निवास करती है। उस स्वर्ग लोक / नरक लोक से जाकर कोई आज तक वापस नहीं आया, जो वहां का हाल बता सके। कई ऐसे लोग हैं, तथा महापुरुष भी हुए हैं, जो स्वर्ग और नरक को कल्पना के सिवा कुछ नहीं मानते। इस प्रकार स्वर्ग और नरक की अवधारणा पूरी तरह संदेहास्पद और अनिश्चित हैं। वहीं दूसरी तरफ इस दुनिया को माया कह कर कई संतों ने इसे झूठा साबित करने की कोशिश की है' "माया महा ठगिनि हम जानी"। जब कि दुनिया में व्यक्ति का जन्म, मरण तथा उसके जीवन भर के क्रियाकलाप वास्तविक घटनाएँ हैं, जिनसे व्यक्ति स्वयं एवं अन्य सभी लोग गुजरते हैं। इस पृथ्वी पर भी सभी वस्तुएँ और उनके बीच की अन्तःक्रियाएँ वास्तविकता है। जीवन में दिन-प्रतिदिन किए जाने वाले सुखद एवं दुखद अनुभव वास्तविकताएँ हैं। सुखद अनुभवों से सभी गुजरना चाहते हैं, जबकि दुखद अनुभवों से सभी बचना चाहते है।

स्थिति यह है कि ऐसे लोगों की बहुत बड़ी जमात है जो स्वर्ग के सुख के लिए अपने वर्तमान जीवन में कष्ट झेलते है या झेलने के लिए तैयार रहते हैं। स्वयं मरने के पूर्व भी तरह-तरह के कर्मकाण्ड करते हैं तथा अपने पितरों के मरने के बाद भी कर्मकाण्ड करते हैं ताकि पितरों को स्वर्ग में सुख मिले। इस तरह वर्तमान निश्चित जीवन में कष्ट उठाकर अनिश्चित स्वर्गिक आनन्द के लिए प्रयासरत् रहना कहाँ तक उचित है? और यदि उचित है तो क्या यह चाणक्य की उक्त नीति के विरुद्ध नहीं है?

।। शीश दिए जो गुरु मिले

यूँ तो सच्चे आध्यात्मिक गुरुओं के महात्म्य को बताते हुए महात्मा कबीर ने कई दोहे लिखे हैं उन्हीं में से एक है :

"यह तन विष की बेलरी, गुरु अमृत की खान।
शीश दिए जो गुरु मिले, तो भी सस्ता जान ।।"

अर्थ है, यह मानव शरीर एक विष की बेल (लता) के समान है।(इसमें काम, क्रोध, लोभ, मोह, मत्सर आदि दुर्गुण विष के समान भरे पड़े हैं।) जबकि एक सच्चे आध्यात्मिक गुरु अमृत की खान के समान हैं, जिनके सानिध्य में आकर शिष्य का सारा दुर्गुण (विष) समाप्त हो जाता है। कबीर कहते हैं यदि ऐसा सद्गुरु शीश (जान) देने पर भी मिल जाते हैं, तब भी सौदा सस्ता ही जानिए।

कबीर ऐसा क्यों न कहें? जिस परमात्मा की प्राप्ति के लिए गोस्वामी तुलसीदास के अनुसार

"जनम जनम मुनि जतन कराहिं।
अंत राम पुनि आवत नाहीं ।।"

उसी परमात्मा की प्राप्ति में गुरु की भूमिका को कबीर ने इस प्रकार रेखांकित किया है

"बहता था बहे जात था लोक वेद के साथ
पैड़े (रास्ते) में सद्गुरु मिला दीपक दीन्हा हाथ
दीपक दीन्हा हाथ कि वस्तु दई लखाय
जनम जनम का रास्ता पल में पहुँचा जाय ।"

इस प्रकार कबीर कहते हैं कि सद्गुरु उस परमात्मा से, जिसे प्राप्त करने हेतु ऋषि मुनियों को कई जन्मों तक तपस्या करनी पड़ती है, पल भर में मिलवा देते है। ऐसे ही सद्गुरु को समर्थ गुरु कहा जाता है, जिसके बारे में कबीर ने पुनः कहा है:

"गुरु गोविन्द दोऊ खड़े काको लागू पाय ।
बलिहारी गुरु आपनो दियो गोविन्द मिलाय"
"गुरु गोविन्द दोऊ एक है दूजा सब आकार
आपा मेट गुरु भजे तब पावे करतार ।"

किसी भी सामान्य व्यक्ति को यह लग सकता है कि जो सद्गुरु इतना अधिक सामर्थ्यवान है, उसके लिए दुनिया की कोई भी वस्तु यदि भेंट दी जाएगी, तुच्छ ही होगी ।

लेकिन ध्यान रखने भी बात है, कबीर ने ठीक उसी समय यह भी कहा हैः

"साई इतना दीजिए जामें कुटुम समाय ।
मैं भी भूखा न रहूँ, साधु न भूखा जाय ।"

कबीर ईश्वर से सिर्फ उतने ही अन्न-धन की कामना करते हैं, जिससे उनके परिवार का भरण पोषण हो सके । कभी उन्हें भूखे पेट सोने की नौबत न आए और न ही यदि कोई साधु (अतिथि) उनके दरवाजे पर आ जाए तो उसे बिना भोजन कराए लौटाना पड़े । मतलब कबीर को अन्न-धन की चाहत सिर्फ उतनी ही है, जितने से उनकी न्यूनतम एवं अति आवश्यक आवश्यकताएँ पूरी हो सकें । यह जीवन में धन संग्रह की अनिच्छा (अपरिग्रह) की पराकाष्ठा है ।

लेकिन आज के तथाकथित संत महात्माओं तथा कथा- वाचकों द्वारा अपने द्वारा किए जाने वाले कथा -प्रवचनों में उक्त दोहे की आखिरी पंक्ति पर विशेष जोर दिया जाता है । और कहा जाता है कि सच्चे गुरु से मिलने वाले ज्ञान के बदले में जब शीश दिया जाना भी एक सस्ता सौदा है ऐसी स्थिति में अपनी आय का एक हिस्सा अपने गुरु को समर्पित कर देना एक तुच्छ भेंट के सिवा कुछ भी नहीं है । इस तर्क के आधार पर प्रत्येक व्यक्ति से उसकी आय का दसांश (दसवें हिस्से) की माँग की जाती है और इस माँग को शास्त्र सम्मत भी बताया जाता है ।

अब जरा इस दसांश के पीछे का गणित समझें । अगर समान आमदनी वाले 10 लोग अपना दसांश दान करते हैं तो मिलने वाला दान एक व्यक्ति की पूरी आमदनी के बराबर हो जाता है । और अगर 100 आदमी अपनी आमदनी का दसांश दान करते हैं, तब वह 10 आदमी की आमदनी के बराबर होता है । लेकिन यह बात भी सही है कि हर शिष्य दसांश दान नहीं करता है । यदि प्रत्येक व्यक्ति अपनी आमदनी का 1% भी दान देता है तब सौ लोगों द्वारा दी गयी राशि एक

आदमी की आमदनी के बराबर हो जाती है। आज के कई तथाकथित संत महात्मा (जिसमें कबीर पंथी भी शामिल हैं) तथा कथा-वाचक यह दावा करते हैं कि उनके शिष्यों की संख्या लाखों- करोड़ों में है। ऐसे लोगों की आमदनी का आप सहज अनुमान लगा सकते हैं। यह आमदनी कहाँ जाती है?

पैसा भौतिक वस्तु है। यह स्वयं खर्च होकर भौतिक वस्तुएँ ही उपलब्ध कराती है। इसी कारण इस एकत्रित राशि का एक हिस्सा पूजास्थलों, आश्रमों के निर्माण में लगाया जाता है जो फिर आय के नए स्रोत बन जाते हैं। शेष हिस्सा विलासिता के साधनों पर खर्च होता है। कुछ हिस्सा जनता की सेवा में भी लगाया जाता है, जिससे कि जनता का विशेषकर शिष्यों (अनुयायियों) का तथाकथित संत-महात्मा अथवा कथावाचक में विश्वास बना रहे। इस तरह आम आदमी जिस राशि का दान एक पुण्य कार्य के रुप में करता है वह राशि दान प्राप्तकर्ता व्यक्ति की सुख-समृद्धि और विलासिता पर खर्च होती है। जबकि होना यह चाहिए कि तथाकथित संत महापुरुषों कथा वाचकों . का जीवन आम आदमी के जीवन जैसा ही कम खर्चीला और सरल हो जैसा कि कबीर ने अपने "साधु न भूखा जाय " वाले दोहे में कामना की है।

क्या हर एक व्यक्ति को धर्म के नाम पर दान करने के पूर्व उक्त पहलू पर भी विचार नहीं करना चाहिए?

12. कर्मण्येवाधिकारस्ते मा फलेषु कदाचन

शायद ही कोई ऐसा विद्यार्थी होगा जिस के समक्ष श्रीमद्भगवद्गीता के निम्न श्लोक की पहली पंक्ति एक उद्धरण के रूप में कभी नहीं आयी हो :

कर्मण्येवाधिकारस्ते मा फलेषु कदाचन ।
मा कर्मफलहेतुर्भूर्मा ते सङ्गोऽस्त्वकर्मणि ॥
(द्वितीय अध्याय, श्लोक 47)

अर्थ: कर्म पर ही तुम्हारा अधिकार है, कर्म के फलों में कभी नहीं । इसलिए कर्म को फल के लिए मत करो । कर्तव्य-कर्म करने में ही तेरा अधिकार है फलों में कभी नहीं । अतः तू कर्मफल का हेतु भी मत बन और तेरी अकर्मण्यता में भी आसक्ति न हो । इसे ही अनासक्त कर्मयोग का नाम दिया गया है ।

अक्सर इस श्लोक की पहली पंक्ति का उपयोग व्यक्ति द्वारा असफल / इच्छित सफलता प्राप्त न करने वाले व्यक्तियों को दिलासा दिलाने के लिए दिया जाता रहा है । यथा, किसी छात्र ने पढ़ाई में खूब मेहनत की फिर भी उसका परिणाम आशा के अनुरूप नहीं रहा तो अनुभवी लोग इन्हीं शब्दों के साथ उसे संतोष प्रदान करते हैं । जब कोई मैच कोई टीम हार जाती है तब हारने वाली टीम को सांत्वना प्रदान करने के लिए अक्सर यही उक्ति प्रयोग में लायी जाती है ।

किसी प्रतियोगिता में स्थान प्राप्त नहीं करने वाले विद्यार्थियों से अक्सर यह उक्ति इस उद्देश्य के साथ कही जाती है कि उन्हें निराश होने की आवश्यकता नहीं है । हार-जीत किसी भी प्रतियोगिता का अनिवार्य प्रतिफल है, जिसे सहर्ष स्वीकार करना चाहिए और निराश नहीं होना चाहिए । ऐसे अवसरों पर एक और बात बहुत जोर देकर कही जाती है जो इस उक्ति का दूसरे शब्दों में अभिव्यक्ति है । वह यह है कि प्रतियोगिता में भाग लेना हमारे लिए ज्यादा महत्वपूर्ण है, सफल या असफल होना नहीं ।

यह बात समझ से परे है कि एक प्रतियोगी के लिए सफल या असफल होना कैसे महत्वहीन अथवा कम महत्वपूर्ण हो जाता है, जबकि उसी सफलता के लिए उसने जी तोड़ मेहनत अथवा अभ्यास किया है । क्या यह उक्ति प्रतियोगिता में शामिल होने के पूर्व ही अथवा कार्य पूरा करने के पूर्व ही व्यक्ति में निराशा का भाव नहीं भर देती है ।

यदि ओलंपिक में शामिल होने वाले देश के सभी खिलाड़ी सिर्फ खेलने के उद्देश्य से उसमें शामिल होते हैं, जीत के उद्देश्य से नहीं, तो क्या उनका कमजोर संकल्प उन्हें जीत से दूर नहीं करता? वास्तविकता यही है कि प्रत्येक विद्यार्थी, प्रत्येक प्रतियोगी प्रत्येक खिलाड़ी एकमात्र सफल होने या जीतने के उद्देश्य से प्रतियोगिता में शामिल होता है और उसे होना भी चाहिए। मेरा मानना है कि ऐसी उक्तियाँ मनुष्य को निराशावादी बनाती है।

श्लोक कहता है कि सिर्फ कर्म पर तुम्हारा अधिकार है फल देने का अधिकार किसी अदृश्य परमात्मा के पास है चाहे तो फल दे चाहे तो फल न दे। चाहे तो फल तुरन्त दे या फिर किसी अन्य समय, यह उसकी मर्जी पर निर्भर करता है। जरा सोचिए ये पंक्तियाँ किसी व्यक्ति में कार्य के प्रति उत्साह का भाव संचारित करती हैं क्या?

फिर आगे कहा गया है तुम कर्म फल का हेतु भी मत बन। और अकर्मण्यता में भी तेरी आसक्ति न हो। क्या ऐसा संभव है कि हम कर्म भी करें और कर्म फल का हेतु न बन पाएँ। इस भौतिक जीवन में तो यह संभव नहीं है। यदि ऐसा संभव हो तो कोई व्यक्ति किसी की हत्या कर दे और उसके परिणाम भुगतने से भी बच जाए, क्योंकि उक्त परिणाम का हेतु (कारण) तो वह व्यक्ति है ही नहीं। दूसरी बात यह है कि यह मानव स्वभाव है कि जो कार्य आप बार-बार करते हैं, उससे आपकी आसक्ति(लगाव, प्रेम) अपने आप हो जाता है। इसलिए फल की चिन्ता न करने के कारण यदि व्यक्ति में अकर्मण्यता आ जाती है तो अपने आप उसमें अकर्मण्यता के प्रति आसक्ति भी हो जाती है। इस तथ्य को ऐसे समझा जा सकता है कि एक आलसी व्यक्ति अपनी अकर्मण्यता से आसक्ति के कारण ही आसान कार्यों को भी करने से मना कर देता है।

अपने समाज में गीता के उक्त श्लोक में विश्वास करने वाले लोग पुण्य लाभ के लिए तरह-तरह के कर्मकाण्ड में लिप्त रहते हैं और अपने पितरों को स्वर्ग में सुख के लिए तरह तरह की वस्तुओं का दान करते हैं। है न यह एक विडम्बना?

निश्चय ही यह अवस्था समाज, राष्ट्र और विश्व के भविष्य के लिए ठीक नहीं है। इस स्थिति पर सभी व्यक्तियों को सोचना, विचारना तथा ऐसी परिस्थितियों से उबरने का सार्थक प्रयास करना चाहिए।

13. कला और विज्ञान की विडंबना

सत्तर की दशक में जब माध्यमिक विद्यालय का छात्र था विद्यालय में पढ़ाया जाता था कि आज का युग आधुनिक युग है। आज के युग में सब जगह विज्ञान का बोल बाला है। आजादी के पहले "कला संकाय" का बोलबाला था। आजादी की लड़ाई में जितने अग्रणी नेता थे, सभी ने कला संकाय के साथ पढ़ाई की थी और वकील थे। उस समय वकील बनने का क्रेज था। जिन डा० राजेन्द्र प्रसाद की हाई स्कूल की उत्तर पुस्तिका में परीक्षक ने लिखा था "The examinee is better than the Examiner" उन डा ० राजेन्द्र प्रसाद ने जब संकाय चयन का समय आया "विज्ञान" के स्थान पर " कला " का ही चयन किया।

लेकिन आजादी के बाद सत्तर-अस्सी का दशक आते-आते वकालत का क्रेज खत्म हो गया था। जिस समय हम लोग इण्टर में गए थे कला संकाय " में नामांकन लेने वाले वही विद्यार्थी होते थे, जिन्हें विज्ञान संकाय नहीं मिल पाता था। इसलिए हमलोगों को विज्ञान पढ़ने के कारण एक अलग ही गर्व की अनुभूति होती थी। आज भी इण्टर में संकाय चयन की स्थिति कमोबेश वही है।

सत्तर-अस्सी के दशक के बाद से विज्ञान ने और भी तीव्रता से प्रगति की है। अब हर हाथ में स्मार्ट फोन आ गया है और अधिकांश घरों में टीवी. कम्प्यूटर तथा लैपटॉप पहुँच गया है। डिजिटल और सोशल मीडिया की पहुँच हर व्यक्ति के पास हो गयी है जिनके खबरिया चैनलों पर प्राचीन इतिहास, मध्यकालीन इतिहास विशेषकर मुगलकालीन इतिहास तथा स्वतंत्रता संग्राम का इतिहास और अन्य सामाजिक-धार्मिक मुद्दों पर लगातार और निरन्तर चलने वाली बहसों को सुनकर हमारे जैसे लोग अपने आप को इन बहसों के लिए अनुपयुक्त समझने लगते हैं। इन मुद्दों पर अपनी अल्पज्ञता के कारण हमें लगता है कि हमारी विज्ञान की पढ़ाई ने आज के समाज के लिए हमें अनुपयुक्त बना दिया है।

विडम्बना तो यह है कि वैज्ञानिक आविष्कारों के आधार पर बने संचार के सभी साधन धार्मिक अंधविश्वास, पाखंड फैलाने तथा साम्प्रदायिक वैमनस्य एवं कटुता फैलाने में लगे हैं, जिनको समाप्त करने की अपेक्षा विज्ञान की पढ़ाई से की जाती थी / है। इस तरह आज विज्ञान की पढ़ाई और सामाजिक वातावरण में कोई मेल नहीं है। व्यक्ति के मस्तिष्क और हृदय के बीच तालमेल समाप्त होते जा रहा है। पढ़ाई और हमारे संस्कार विपरीत दिशाओं में जा रहे हैं। इस तरह से समाज में बिखरे व्यक्तित्व वाले व्यक्तियों की संख्या बढ़ती जा रही है। निश्चय ही यह अवस्था समाज, राष्ट्र और विश्व के भविष्य के लिए ठीक नहीं है। इस स्थिति पर

सभी व्यक्तियों को सोचना, विचारना तथा ऐसी परिस्थितियों से उबरने का सार्थक प्रयास करना चाहिए।

14. जब जब होहिं धरम की हानि

मेरे अपने स्कूल के दिनों में रामचरित मानस की निम्नलिखित चौपाइयों को विद्यालय में होने वाले विभिन्न आयोजनों में वक्ताओ से बार बार सुनने का अवसर मिलता था :

"जब जब होहिं धरम की हानि
बाढ़हिं असुर अधम अभिमानी
तब तब धरि प्रभु विविध शरीरा
हरहिं कृपानिधि सज्जन पीरा।"

कई बार लोग यह भी कहते हुए मिल जाते थे कि श्रीमद्भगवतगीता के निम्नलिखित श्लोकों को ही गोस्वामी तुलसीदास जी ने इन पंक्तियों में दूसरे शब्दों में लिखा है:

"यदा यदा हि धर्मस्य ग्लानिर्भवति भारतः।
अभ्युत्थानमधर्मस्य तदात्मनम् सृज्यामहे॥
परित्राणाय साधुनां विनाशाय च दुष्कृताम्।
धर्मसंस्थापनार्थाय संभवामि युगे युगे॥"

जब-जब भारत में धर्म की हानि होती है तथा अधर्म की वृद्धि होती है तब-तब मैं स्वयं को सृजित करता हूँ। साधुजनों के परित्राण(दुखों से मुक्ति) के लिए, दुर्जनों का विनाश करने के लिए तथा धर्म की स्थापना के लिए हर युग में अवतरित होता हूँ।

जब इन उक्तियों पर गहनता से विचार करते हैं तो कई प्रश्न मस्तिष्क में उठते हैं, यथा धर्म क्या है? अधर्म क्या है? धर्म की हानि कब मानी जाएगी? इन प्रश्नों के परिप्रेक्ष्य में आज की सामाजिक आर्थिक परिदृश्य कैसा है? क्या आज का समय ईश्वर के अवतार लेने के अनुकूल नहीं है?

स्कूल के ही दिनों में धर्म की बहुत ही सरल परिभाषाएँ बतायीं गई थीं :

"परहित सरिस धरम नहीं भाई।
पर पीड़ा सम नहीं अधमाई।"

दूसरों का उपकार करने जैसा कोई धर्म नहीं है और दूसरों को पीड़ा देने जैसा कोई नि:कृष्ट कार्य नहीं है।

"अष्टादश पुराणेसु व्यासस्य वचनं द्वयम्।
परोपकार : पुण्याय पापाय परपीडनम ॥"

धर्म की इन परिभाषाओं को जानकर और भगवान कृष्ण के इस वचन को स्मरण कर कि जब भी धर्म की हानि होगी वे अवश्य इस धरा पर अवतरित होंगे, मुझ जैसे हिन्दू परिवार में जन्म लिए हर बच्चे को एक गर्व की अनुभूति होती थी।

धर्म की उपरोक्त परिभाषा में न तो किसी एक धर्म विशेष यथा हिन्दू, मुस्लिम, क्रिश्चियन अथवा इसाई की बात की गयी है और न ही भगवान श्रीकृष्ण ने यह कहा है कि वे सिर्फ हिन्दू धर्म की हानि होने पर ही अवतार लेंगे। हाँ एक बात अवश्य कही गयी है कि भारत भूमि पर धर्म की हानि होने पर उनका अवतार होगा। लेकिन आज तक किसी भी धर्म को माननेवाला कोई भी व्यक्ति नहीं हुआ है, जो यह कह सके कि अलग - अलग धर्मों के "ईश्वर" अलग - अलग हैं। फिर जब सभी धर्मों के "ईश्वर" एक ही है, तब उनके लिए एक धर्म की हानि दूसरे धर्म के लिए वृद्धि कैसे हो सकती है? अतएव हम यह मान सकते हैं कि किसी भी धर्म की हानि होने पर इस पृथ्वी के किसी भी भाग में ईश्वर अवतार ले सकते हैं, चाहे उनका स्वरूप कुछ भी हो।

अब विश्व के विगत सौ वर्षों के इतिहास पर गौर करें। दो विश्व युद्ध हो चुके हैं जिनमें लाखों लोगों के जान माल की हानि हो चुकी है। पूरा विश्व तीसरे विश्वयुद्ध के मुहाने पर खड़ा है। किसी भी युद्ध का राजनैतिक-आर्थिक कारण कुछ भी हो लेकिन इन कारणों के मूल में होती है कुछ देशों की स्वार्थपरता ही। लेकिन क्या कोई भी व्यक्ति यह कहने की स्थिति में है कि दोनों विश्वयुद्धों के दौरान ईश्वर ने अवतार लिया अथवा नहीं? और यदि लिया तो उसकी पहचान हुई तथा वह अपने दिए हुए वचन को पूरा करने में सक्षम हुआ?

विश्व युद्धों की बात छोड़ भी दिया जाए तो आज का पूरे विश्व का परिदृश्य देखने पर हमें पता चलता है कि विश्व के कई हिस्सों में धार्मिक कट्टरता लगातार बढ़ती जा रही है तथा एक धर्म के लोग अपने धर्म की रक्षा के नाम पर दूसरे धर्म

के लोगों के खून के प्यासे हो रहे हैं। मानवता मरती जा रही है। क्या आज की परिस्थितियाँ ईश्वर के अवतार के अनुकूल नहीं है?

तो क्या ईश्वर अवतार लेने वाले है? अगर उसने अवतार लिया तो वह विश्व में शांति और सुव्यवस्था कैसे स्थापित करेगा? हम उसे पहचानेंगे कैसे?

15. गोधन गजधन बाजि धन

"गोधन गजधन बाजि धन और रतन धन खान।
जब आवे संतोष धन सब धन धूलि समान ॥"

इस दोहे में कबीर ने आज से करीब 400 वर्ष पहले जीवन में 'संतोष' की महत्ता को बतलाते हुए कहा है कि व्यक्ति के पास चाहे कितना भी गोधन (गायों की संख्या), गजधन (हाथियों की संख्या), बाजि धन(घोड़ों की संख्या) रत्न रूपी धन की खान हो, जब उसमें संतोष रूपी धन आ जाता है, उसके लिए ये सभी धन धूल के समान महत्वहीन हो जाते हैं।

इस दोहे में कबीर समझाते हैं कि व्यक्ति के जीवन में संतोष, यानि जो कुछ भी व्यक्ति के पास है उसी में संतुष्ट रहना, एक सुखी जीवन के लिए अत्यंत आवश्यक है। निश्चय ही यह दोहा बहुसंख्यक जनता जो कि अपने रोजमर्रा की आवश्यकताओं को पूरा करने में ही अपनी अर्जित आय को असमर्थ पाती है उसमें थोड़ी देर के लिए एक सुकून पैदा करता है।

लेकिन प्रश्न यह उठता है आज के समय के लिए यह दोहा कितना सार्थक है। एक समय था जब लोग सांसारिक कष्टों की अपेक्षा पारलौकिक कष्टों की ज्यादा चिंता करते थे। तथा अपने आस पास के लोगों के पास उपलब्ध भौतिक संसाधनों में ज्यादा अन्तर नहीं पाकर जो कुछ भी अपने पास है उसी में अपने को संतुष्ट कर लेते थे अथवा अपने कष्टों को प्रभु का प्रसाद अथवा पूर्व जन्म के अपने कृत्यों का फल मानकर कष्टों को सहन कर लेते थे।

लेकिन आज परिस्थितियां बदल गयी हैं। अड़ोस-पड़ोस में रहनेवाले लोगों की आय में ही इतना अधिक अन्तर आ गया है जिसकी कल्पना तक पहले नहीं की जा सकती थी। साथ ही लोगों को यह भी स्पष्ट हो गया है कि यदि किसी व्यक्ति की आय अत्यधिक है, तो यह कोई आवश्यक नहीं है कि उसकी आय वैध स्रोतों से ही हुयी हो। इसके विपरीत देखा यह जा रहा है कि आम तौर पर अप्रत्याशित एवं अत्यधिक आय अवैध स्रोतों से अथवा अत्यधिक भ्रष्टाचार से प्राप्त हो रही है।

ऐसी स्थिति में अकूत सम्पत्ति का होना पूर्व जन्म के सत्कर्म का फल मानने की धारणा ध्वस्त हो रही है। लोग इस बात को अब समझने लगे हैं कि काल्पनिक पारलौकिक जीवन की अपेक्षा वर्तमान सांसारिक जीवन ज्यादा महत्वपूर्ण है, तथा इसकी गुणवत्ता में सुधार के लिए आर्थिक संपन्नता सर्वाधिक महत्वपूर्ण कारक है।

आज जो भी बौद्धिक रूप से जागरूक व्यक्ति है, उसे स्पष्ट रूप से यह दिखायी दे रहा है कि अत्यधिक आर्थिक असमानता का कारण सिर्फ योग्यता एवं दक्षता में असमानता ही नहीं है वरन इसके लिए हमारी सामाजिक, आर्थिक, धार्मिक संरचना तथा सरकारी नीतियाँ कहीं ज्यादा जिम्मेवार हैं।

अतएव, आज का आदमी कबीर के उक्त दोहे का समर्थक नहीं है। वर्तमान समय में जब सरकार अपनी परिसंपत्तियों को कुछ खास व्यापारिक घरानों को बेंचती जा रही है तथा सारे संसाधन देश और समाज के कुछ मुट्ठी भर लोगों में सीमित होते जा रहे हैं, आम आदमी के लिए कबीर के उक्त दोहे की सार्थकता भी सीमित होती जा रही है। क्या ऐसा ही नहीं है?

16. जाहि विधि राखे राम

कल शाम को मैं अपने विद्यालय के संगीत रूम की तरफ से गुजरा। कुछ बच्चे ढोलक, मंजीरे तथा हारमोनियम के साथ कुछ अभ्यास कर रहे थे। तभी मेरा ध्यान भजन की पंक्तियों की तरफ गया, जो ऊँचे स्वरों में मेरे कानों तक पहुँच रही थी :

सीताराम सीताराम सीताराम कहिए।
जाहि विधि राखे राम वाहि विधि रहिए।

ग्रामीण क्षेत्रों में यह भजन काफी लोकप्रिय है। मैं समझता हूँ कि गाने वाले छात्र अपने अवचेतन मस्तिस्क पर पड़ने वाले इसके दुष्प्रभावों से अनजान भजन की लोकप्रियता को ध्यान में रखते हुए इसे गाए जा रहे थे।

लेकिन मैं सोच में पड़ गया। क्या इस तरह के भजनों से हम बच्चों के मनोमस्तिष्क में यथास्थितिवाद का भाव नहीं भर रहे हैं? मुझे पहली बार यह लगा कि ऐसे भजन मनुष्य के मन में संतोष का भाव उत्पन्न करने की अपेक्षा परम्परागत रूप से चली आ रही सामाजिक आर्थिक एवं धार्मिक व्यवस्था को यथावत स्वीकार करने की मनः स्थिति उत्पन्न करते हैं।

अगर मनुष्य अच्छा या खराब जो भी हो रहा है उसे स्वीकार कर ले, वह जिस भी विकट सामाजिक आर्थिक स्थिति में है, उसी को अपनी नियति मान ले, तो उसकी स्थिति में सुधार कैसे होगा? यथास्थिति तो उन लोगों के लिए लाभदायक है, जो वर्त्तमान स्थिति में शोषक समूह से संबंध रखते हैं लेकिन उनके लिए नहीं जो वर्त्तमान स्थिति में पीड़ित और वंचित है।

यथास्थितिवाद विकास का विरोधी होता है क्योंकि जिस किसी भी क्षेत्र में विकास होता है, उस क्षेत्र में परिवर्तन अवश्य होता है। परिवर्तन विकास का अनिवार्य गुण है। विकास से सामाजिक, आर्थिक तथा धार्मिक समीकरण बदलते हैं जिससे शोषक और शोषित समाजों के परस्पर संबंधों पर सकारात्मक या नकारात्मक प्रभाव पड़ता है। इसलिए शोषक समूह की कोशिश रहती है कि यथा स्थिति बनी रहे ताकि उसके हितों पर प्रतिकूल प्रभाव न पड़े।

यथास्थितिवाद जहाँ विद्यार्थियों के लिए अत्यंत हानिकारक है वहीं वह शासक वर्ग के लिए लाभदायक है। जिस विद्यार्थी के अवचेतन मस्तिष्क में यह अवधारणा गहरे बैठ जाएगी, उसे उच्च शिक्षा के बाद भी यदि कोई उचित नौकरी

या रोजगार नहीं मिलता है, तो वह उसे अपना प्रारब्ध मानकर संतुष्ट हो जाएगा। लेकिन उसके मन में व्यवस्था या सरकार के प्रति विद्रोह के भाव नहीं उठेंगे। वह यह मानने के लिए तैयार नहीं होगा कि नौकरी या रोजगार के अवसर उत्पन्न करना सरकार की जिम्मेवारी है। किसी भी सरकार के लिए इससे अच्छी स्थिति और क्या हो सकती है?

प्राकृतिक रूप से भी हर व्यक्ति जिस भी स्थिति में लम्बे समय तक रह जाता है वह उसका एक आरामदायक दायरा (comfort zone) बन जाता है तथा उस स्थिति में कष्ट झेलते हुए भी उसे कष्ट का एहसास नहीं होता है। जबकि उसके खुद के जीवन में उच्चतर स्थिति प्राप्त करने के लिए अपने आरामदायक दायरे से बाहर निकलना उसके लिए अनिवार्य शर्त होती है। इस प्रकार हर विद्यार्थी के अवचेतन मन में अपनी वर्तमान स्थिति के प्रति यदि असंतोष का बीजारोपण नहीं किया जाएगा वह व्यक्तिगत विकास के भी उस स्तर को प्राप्त नहीं कर सकेगा, जिसके लिए उसके अन्दर पर्याप्त क्षमता प्रकृति ने दी है।

अतएव इस प्रकार के भजन और संदेश विद्यार्थियों एवं समाज के लिए अत्यंत हानिकारक हैं। प्रबुद्ध और जागरूक वर्ग जो समाज, देश और मानवता का हित चाहता है उसका यह दायित्व बनता है कि ऐसे भजनों और संदेशों के दुष्प्रभावों से लोगों को परिचित कराएँ तथा इनके प्रचार प्रसार को रोके।

17. संसयात्मा विनश्यति

बहुत पहले सुना था " संसयात्मा विनश्यति " अर्थात संसय करने वाले व्यक्ति का विनाश अथवा नाश हो जाता है । खोजबीन करने पर पता चला कि यह गीता अध्याय 4 के 40 वें श्लोक का एक अंश है जो इस प्रकार हैः

अज्ञश्चद्धधानश्च संसयात्मा विनश्यति ।
नायं लोकोऽस्ति न परो न सुख संसयात्मनः ॥

स्वामी रामसुखदास के अनुसार अर्थ है : विवेकहीन और श्रद्धारहित संसयात्मा मनुष्य का पतन हो जाता है । ऐसे संसयात्मा मनुष्य के लिए न यह लोक है, न परलोक है और न सुख ही है ।

स्वामी तेजोमयानन्द के अनुसार : अज्ञानी तथा श्रद्धा रहित और संसययुक्त पुरुष नष्ट हो जाता है, (उनमें भी) संसयी पुरुष के लिए न यह लोक है, न परलोक और न सुख । संसय का शाब्दिक अर्थ है संभावना और असंभावना का मिश्रण, संदेह, अनिश्चय, शक आदि ।

गीता की इस उक्ति का चाहे जो भी भावार्थ हो, आम बोलचाल में इस का उपयोग इसी अर्थ में किया जाता है कि आम तौर पर स्थापित तथ्यों अथवा धारणाओं पर संसय अथवा संदेह नहीं करना चाहिए । तथा, यदि कोई ऐसा करता है तो वह विनष्ट हो जाता है । इसी संदर्भ में मुझे स्वामी विवेकानन्द के जीवन से संबंधित सुना हुआ एक दृष्टांत स्मरण हो आता है जो इस प्रकार है -

एक दिन स्वामी विवेकानन्द सुबह से शाम तक अपने एक शिष्य के साथ दिन भर एक मंदिर के पास बैठे रहे । सुबह में एक 5 -6 वर्ष का बच्चा मंदिर आया, जिसे देखकर स्वामी जी काफी प्रसन्न हुए । दोपहर में एक वयस्क व्यक्ति पूजा करने आया, लेकिन उसे देखकर स्वामी जी के चेहरे पर न तो खुशी दिखायी दी और न ही गम । लेकन शाम को जब एक वृद्ध व्यक्ति पूजा करने आया. उसे देखकर स्वामी जी काफी उदास हो गए । उनके समीप बैठे उनके शिष्य ने इन तीनों घटनाओं को बारीकी से संज्ञान में लिया था । अतएव उसने स्वामी जी से उनकी प्रतिक्रियाओं का कारण पूछा । स्वामी जी ने जवाब दिया, बच्चे को मंदिर आते देख मुझे अच्छा लगा क्योंकि मुझे ऐसा लगा कि बच्चा यदि मंदिर में भगवान की मूरत को देखेगा तो भगवान के प्रति उसकी जिज्ञासा बढ़ेगी और बाद में वह उन्हें ढूँढने का प्रयत्न

कबिरा खड़ा बाजार में

करेगा। जबकि वयस्क व्यक्ति का मंदिर जाना इस बात का द्योतक है कि उस समय तक उसने भगवान को खोजने का प्रयत्न प्रारंभ नहीं किया है तथा यह भी स्पष्ट नहीं है कि वह इस दिशा में कोई प्रयत्न कर भी रहा है अथवा नहीं? लेकिन उन्हें वृद्ध व्यक्ति को मंदिर जाते देखकर काफी निराशा हुई क्योंकि इस उम्र में उसका मंदिर जाना प्रमाणित करता है कि भगवान के प्रति उस के मन में कुछ भी जिज्ञासा नहीं बची है। अतएव इस जीवन में अब उसके लिए भगवतप्राप्ति की कोई संभावना नहीं है। इस दृष्टांत से यह स्पष्ट है कि बिना जिज्ञासा के भगवान की प्राप्ति संभव नहीं। लेकिन संसय जिज्ञासा के मूल कारणों में से एक है। अतएव एक बार जो बता दिया गया उसे ही यदि सत्य मान लिया जाए तो जिज्ञासा की उत्पत्ति होगी ही नहीं।

भौतिक जगत में तो जिज्ञासा और संसय और भी अधिक महत्वपूर्ण हो जाते हैं। वैज्ञानिक जगत में सभी स्थापित नियमों को यदि सदा के लिए सत्य मान लिया जाए, तो वैज्ञानिक प्रगति ही अवरुद्ध हो जाएगी। हर स्थापित नियम को संदेह की दृष्टि से देखना नये वैज्ञानिक खोजों के लिए एक आवश्यक तत्व है। जो समाज स्थापित नियमों पर जितना ही संदेह करेगा वह उतना ही अधिक प्रगतिशील होगा। अगर गैलिलियो सूर्य की गति पर संदेह नहीं करता, हम आज भी मान रहे होते कि पूरे सौरमंडल अथवा ब्रह्मांड का केन्द्र बिन्दु पृथ्वी ही है।

क्या आज भी भारतीय समाज संसय और जिज्ञासा को पर्याप्त महत्व देता है?

18. होइहिं सोइ जो

होइहिं सोइ जो राम रचि राखा।

को करि तर्क बढ़ावहिं साखा ॥

श्री रामचरित मानस की यह चौपाई आम जनमानस में काफी प्रचलित है। इसके अनुसार मनुष्य के जीवन की प्रत्येक घटना राम अर्थात ईश्वर द्वारा पूर्व निर्धारित है। अतः जीवन में जो कुछ घटित होता है ईश्वर की इच्छा समझ उसे सहज भाव से स्वीकार कर लेना चाहिए। घटना क्यों घटी कैसे घटी, इसके लिए कौन ज़िम्मेदार है, इन बातों पर तर्क वितर्क करने की कोई आवश्यकता नहीं है।

प्रश्न यह है कि क्या सचमुच किसी ईश्वर ने मनुष्य के जीवन की सभी घटनाओं को पूर्व निर्धारित कर रखा है? तथा, किसी भी घटना के कारणों को जानना क्या अनुचित है?

यदि इस पूरी सृष्टि का हम सूक्ष्मता से अवलोकन करते हैं तो पाते हैं कि पूरी सृष्टि क्षण प्रतिक्षण अपना रूप बदल रही है। यह परिवर्तन निर्जीव वस्तुओं में भले ही अत्यंत धीमा होने के कारण आसानी से दिखाई नहीं पड़ सकता है पर सजीव वस्तुओं में यह परिवर्तन इतना तीव्र है कि कोई भी व्यक्ति इसे आसानी से देख सकता है। पेड़ पौधों में निरंतर वृद्धि, कोपलें फूटना, पत्तियों का निकलना, फूलना एवं फलना, मनुष्य के नाखून एवं बालों का बढ़ना आदि आसानी से परिलक्षित होनेवाली प्रक्रियाएँ हैं। जबकि प्रसिद्ध खगोलशास्त्री हब्बल के अनुसार पूरा ब्रह्मांड निरंतर फैलता जा रहा है और इस तरह से तारों के बीच की परस्पर दूरियाँ भी बढ़ती जा रही हैं। पर ब्रह्माण्ड इतना बड़ा है कि निरन्तर परस्पर दूरियों के बढ़ते जाने के बावजूद तारे अपने -अपने स्थानों पर स्थिर ही मालूम पड़ते हैं। इस तरह तारों के स्थान परिवर्तन की प्रक्रिया आसानी से परिलक्षित नहीं होती। यही तथ्य हम निर्जीव वस्तुओं के संदर्भ में स्वीकार कर सकते हैं कि उनमें होने वाले परिवर्तन आसानी से परिलक्षित नहीं होते। ये सभी परिवर्तन अनुत्क्रमणीय है। इस प्रकार इस सृष्टि में अगर कुछ नित्य है तो वह परिवर्तन ही है। ऐसी स्थिति में यह सोचना कि हमारे जीवन में जो कुछ भी घटित होता है वह किसी ईश्वर द्वारा पूर्व निर्धारित है एक अंधविश्वास के सिवा कुछ भी नहीं।

जहाँ तक जीवन में घटित होने वाली घटनाओं पर चिन्तन मनन की बात है और उनके पीछे के कारणों को जानने की बात है ऐसा प्रयास हर व्यक्ति अनायास ही अपने सामर्थ्य के अनुरूप करता है। यह अलग बात है कि जिन घटनाओं पर

व्यक्ति का वश नहीं चलने वाला होता है, उन्हें ईश्वर की मर्जी मानकर वह संतुष्ट हो लेता है। लेकिन तर्क और विवेक की क्षमता होने के बावजूद घटित घटनाओं पर यदि कोई व्यक्ति चिन्तन मनन नहीं करना है तथा इन घटनाओं के पीछे का कारण जानकर उस जानकारी का उपयोग भविष्य में अपनी भलाई के लिए नहीं करता है, तो यह उसकी मूर्खता के सिवा कुछ नहीं है। मानव पशुओं से अलग ही इसलिए है कि उसमें तर्क और विवेक की क्षमता है। व्यक्ति जिस हद तक तर्क और विवेक का उपयोग करता है उसी हद तक वह मानव कहलाने का हकदार है।

19. मानसिक गुलामी

वयस्क जीवन के अंतिम पड़ाव पर अब मुझे अहसास हो रहा है कि मानसिक गुलामी किसे कहते हैं। जो चीजें जीवन के शुरुआती दौर में सहज एवं स्वाभाविक प्रतीत होती थी आज वही चीजें हमारी मानसिक गुलामी की प्रतीक महसूस हो रही हैं। इस मानसिक गुलामी की बेड़ियाँ इतनी मजबूत हैं कि सामान्य मनुष्य द्वारा इन्हें तोड़ पाना तो दूर समझ पाना तक असंभव सा है। पूरे भारतीय इतिहास में महात्मा बुद्ध ही एक ऐसे महा मानव हुए हैं जिन्होंने बहुत ही कम उम्र में इस मानसिक गुलामी को समझ लिया था। मै समझता हूँ यही उनके ज्ञान प्राप्ति का अभिप्राय है। महात्मा बुद्ध के पश्चात विगत 2000 वर्षों के इतिहास में इस मानसिक गुलामी को समझने वाले महापुरुषों में महात्मा ज्योतिबा फुले, इ.वी. रामस्वामी नयकर पेरियार एवं डॉ. भीम राव अम्बेडकर सर्व प्रमुख हैं।

मानसिक गुलामी वास्तव में मनुष्य की सोच और विचार करने की क्षमता को बेड़ियों में इस प्रकार जकड़ देना है कि आदमी सिर्फ रुढियों और परम्पराओं में बँध कर रह जाए और स्वतंत्र रूप से किसी भी विषय या वस्तु पर तार्किक ढंग से सोच न सके। उसके तर्क कर सत्य तक पहुँचने की क्षमता समाप्त हो जाए और आस्था के नाम पर उसे वह सब करने के लिए बाध्य कर दिया जाए जो उसके मानव होने की गरिमा के भी खिलाफ है तथा किसी भी रूप में करणीय नहीं हैं।

यह निर्विवाद सत्य है कि पढ़ने लिखने से सोचने और तर्क करने की क्षमता विकसित होती है। इसलिए पढ़ने लिखने की मनाही मानसिक गुलामी की पहली शर्त है। इसलिए बहुजनों एवं स्त्रियों से पढ़ने लिखने का अधिकार सबसे पहले छीन लिया गया।

प्राकृतिक रूप से स्त्रियाँ पुरुषों की अपेक्षा शारीरिक रूप से कमजोर होती हैं। साथ ही संतानोत्पत्ति की प्रक्रिया में उनका तथा जन्म लेने वाले बच्चे का जीवन दाँव पर लगा होता है। उचित भरण पोषण के अभाव, उचित प्रसव सुविधाओं तथा प्रसव पश्चात उचित देख भाल के अभाव के कारण अपनी और अपने बच्चों के जीवन रक्षा के लिए अंधविश्वास में फंस कर विभिन्न देवी, देवताओं, तांत्रिकों, पीरों और मजारों का चक्कर लगाने लगती हैं।औरतों की इस कमजोरी का लाभ उन्हें मानसिक गुलाम बनाने के लिए सदियों से किया जाता रहा है।

समाज का वह तबका जिसने बहुसंख्यक भारतीय समाज को मानसिक रूप से गुलाम बना रखा है, प्रारंभ से ही जानता है कि यदि स्त्रियों को पढ़ने-लिखने का अधिकार दे दिया गया तो पूरा समाज शिक्षित हो जाएगा। तब किसी भी व्यक्ति को

मानसिक गुलाम बनाना संभव नहीं हो सकेगा। साथ ही यदि स्त्रियाँ पढ़ लिख गयीं तो समाज पर पुरुषों का वर्चस्व समाप्त हो जाएगा। इसलिए उच्च वर्ग की स्त्रियों को भी उनके ही वर्ग के पुरुषों ने पढ़ने लिखने का अधिकार छीन लिया।

मानसिक गुलामी की बेड़ियों को मजबूत करने के लिए तरह तरह की देवी-देवताओं कर्मकांडों तथा रीति रिवाजों को प्रारंभ किया गया तथा उनको नैतिक आधार देने के लिए एकपक्षीय धार्मिक ग्रंथों की रचना की गयी।

इन ग्रंथो को इतना अधिक महिमा मंडित किया गया कि महिलाओं और बहुसंख्यकों के लिए इनके जाल से निकलना अत्यन्त कठिन हो गया। स्थिति यह है कि आज वैज्ञानिक खोजों के आधार पर मिलने वाले सुख-सुविधाओं को भी इन्हीं देवी देवताओं और कर्मकांडों का प्रतिफल मानने वालों की कमी नहीं है। आज विज्ञान के बल पर आपरेशन के द्वारा भी किसी महिला को बच्चा पैदा होता है तो उसे भी महिला के साथ-साथ चिकित्सक भी ईश्वर की कृपा ही मानता है। इस मानसिक गुलामी का प्रतिफल यह है कि आज पूरा भारत देश ज्ञान-विज्ञान के क्षेत्र में विश्व के विकसित राष्ट्रों की अपेक्षा काफी पिछड़ा हुआ है तथा गरीबी, लाचारी और बेबसी का जीवन जीने के लिए अभिशप्त है। ऐसी स्थिति में आवश्यकता इस बात की है कि उदार और वैज्ञानिक सोच वाला समाज का तबका आगे आए और बहुसंख्यक जनता को शिक्षित करने में महत्वपूर्ण भूमिका अदा करे। साथ ही साथ जो नौजवान शिक्षित हैं,उनके हाथों में ऐसे साहित्य को पढ़ने के लिए उपलब्ध करायें जो साहित्य उन्हें अंधविश्वासों से दूर करे,उनमें वैज्ञानिक सोच पैदा करे, उन्हें तर्कशील बनाए। इसके अलावा भारत को एक आधुनिक और प्रगतिशील राष्ट्र बनाने का और कोई रास्ता नहीं।

20. इतिहास का प्रश्न

बाबा साहब डा. भीम राव अम्बेडकर की एक विख्यात उक्ति है कि "जो कौम अपना इतिहास तक नहीं जानती है, वो कौम कभी अपना इतिहास भी नहीं बना सकती है।" इस उक्ति का उद्धरण बार कई राजनैतिक एवं सामाजिक संगठनों के नेताओं द्वारा दिया जाता है। लेकिन ऐसे उद्धरण देने वाले महानुभावों का मुख्य उद्देश्य अपने जातीय इतिहास पर गर्व करने का होता है। आज भारतीय समाज में अग्रणी और प्रभावशाली जितनी जातियाँ हैं, जिनमें कुछ न कुछ महापुरुष (संत, सुधारक अथवा सम्राट) ऐसे हुए हैं, अथवा इतिहास का कुछ काल खंड ऐसे रहे हैं, जिनपर उन जातियों का गर्व होना लाजिमी है। लेकिन शायद ही ऐसी कोई जाति होगी, जिसका पूरा का पूरा इतिहास गौरवशाली होगा। इसके साथ ही जो भारतीय समाज 6000 से अधिक जातियों में बंटा है, उसमें कई ऐसी जातियाँ भी होगी जिनकी हैसियत समाज में हाशिए पर रही होगी, और आज भी उनको अपने इतिहास पर गर्व करने के लिए कुछ नहीं होगा। प्रश्न यह उठता है कि क्या ऐसी जातियाँ अपने लिए गौरवशाली भविष्य का निर्माण नहीं कर सकती, जो कल गौरवशाली इतिहास में बदल सके?

इसके साथ ही एक प्रश्न और उठता है कि जिस इतिहास पर गर्व अथवा शर्म करने की बात होती है, वह पूरी तरह से सत्य है? आज भारत के राजनीतिज्ञों का एक बड़ा हिस्सा तथा उसके समर्थक इस विचार के हैं कि भारत का इतिहास (विशेषकर मुस्लिम / मुगल कालखंड का इतिहास) वामपंथियों द्वारा एक विशेष एजेंडे के तहत लिखा गया है, जिनमें कई विधर्मी आक्रांताओं का महिमा मंडन किया गया है। इसी तर्क के आधार पर पाठ्यक्रमों में इतिहास को बदला जा रहा है। वहीं वामपंथियों एवं समाज के कुछ अन्य प्रबुद्ध तबकों का आरोप है कि इतिहास के पाठ्यक्रम में बदलाव अथवा उसके तथ्यों के प्रस्तुतीकरण में बदलाव दक्षिण पंथी विचारधारा के अनुरूप उसमें बदलाव है।

डॉ. अम्बेडकर ने इतिहासकारों के संदर्भ में कहा है कि "इतिहास लिखने वाला इतिहासकार सटीक, निष्पक्ष और ईमानदार होना चाहिए।" यहीं पर एक प्रश्न और उठता है कि क्या कोई भी इतिहासकार पूर्णतः सटीक, निष्पक्ष और ईमानदार हो सकता है? प्रश्न का उत्तर है नहीं। क्योंकि, कोई भी इतिहासकार उपलब्ध पुरातात्विक साक्ष्यों एवं अभिलेखों की अपनी जानकारी और उनकी सटीकता के आधार पर इतिहास लिखता है। चूँकि इतिहासकार भी एक व्यक्ति ही होता है, जिसके अपने वर्गीय स्वार्थ और वैचारिक झुकाव भी होते हैं अतएव

उसके लेखन में इनका प्रभाव स्वाभाविक है, और किसी भी इतिहासकार से उसके लेखन में शत प्रतिशत वस्तुनिष्ठता की अपेक्षा नहीं की जाती है, वह भी तब जबकि इतिहासकार स्वयं किसी खास पूर्वाग्रही विचारधारा (राजनैतिक, सामाजिक, धार्मिक) से जुड़ा हो। सोवियत रूस के प्रथम शिक्षा कमिसार अनातोली लुनाचार्स्की की इस उक्ति को हमें नहीं भूलना चाहिए कि कोई भी शासक या शासक वर्ग हमेशा ऐसी शिक्षा व्यवस्था लागू करता है जिससे कि भविष्य में भी उसका शासन बिना किसी व्यवधान के चलता रहे। इसलिए अबतक इतिहास में जो कुछ लिखा गया या उसमें जो बदलाव किए जा रहे हैं, उनका ऐसे पूर्वाग्रहों से मुक्त होने की कल्पना भी बेमानी है।

इतिहास लेखन के संदर्भ में अंधों का हाथी वाली कहावत भी चरितार्थ होती है। कई अंधो ने एक ही हाथी के अलग-अलग अंगो को पकड़ा तथा अपने-अपने अनुभवों के आधार पर किसी ने उसे रस्सी जैसा, किसी ने साँप जैसा, किसी ने सूप जैसा वहीं किसी ने खंभे जैसा अथवा दीवार जैसा बताया। इसी प्रकार इतिहास की एक ही घटना की व्याख्या अपने अपने पूर्वाग्रहों के अनुरुप अलग-अलग इतिहासकार अलग - अलग तरह से कर सकते हैं। ऐसी परिस्थिति में यह पाठक के उपर निर्भर करता है कि वह किस इतिहास पर विश्वास करे और किस पर नहीं। लेकिन जब देश की अधिसंख्य जनसंख्या अशिक्षित अथवा अल्प शिक्षित हो तथा देश का प्रबुद्ध वर्ग भी जाति और धर्म के संकीर्ण विचारों में उलझा हो, ऐसे में इतिहास का सही स्वरूप आम लोगों के बीच आ पाना असंभव है।

वर्तमान समय में जब पुरातात्विक साक्ष्यों से छेड़-छाड़ की खबरें आ रही हो, स्वार्थी तत्वों द्वारा असत्य एवं भ्रामक खबरें फैलायी जा रही हों, बिना तर्क की कसौटी पर कसे कपोल कल्पित कथानकों को भी इतिहास लेखन का आधार बना लिया जाए ऐसी परिस्थिति में निरपेक्ष इतिहास कैसे प्राप्त हो सकता है?

बाबा साहब ने अन्यत्र कहा है कि "इतिहास बताता है कि जहां नैतिकता और अर्थशास्त्र के बीच संघर्ष होता है, वहां जीत हमेशा अर्थशास्त्र की होती है। निहित स्वार्थों को तब तक स्वेच्छा से नहीं छोड़ा गया है, जब तक कि मजबूर करने के लिए पर्याप्त बल न लगाया गया हो।" यही बात इतिहास लेखन पर भी लागू होती है। इसीलिए कतिपय स्वार्थों से वशीभूत इतिहासकार भी लेखन नैतिकता को त्यागकर वर्गीय अर्थ लाभ के अनुरूप लेखन करते हैं।

इसप्रकार जब इतिहास लेखन के मामले में इतनी अधिक विकृतियों की संभावना है, तब इतिहास को लेकर गर्व अथवा शर्म करने की क्या आवश्यकता है? आज के समय में ज्ञान विज्ञान के इतने अधिक और विस्तृत आयाम हो चुके हैं कि बडे से बड़े अध्ययनशील व्यक्ति के लिए किसी एक विषय में भी पारंगत होना

अत्यंत कठिन काम है। ऐसे में बीती हुयी घटनाओं को लेकर आम जन मानस में विभिन्न तरह की भ्रांतियों को फैलना कहाँ तक लोक कल्याणकारी है?

आज पहले की अपेक्षा सामाजिक तथा मानवीय मूल्य काफी बदल चुके हैं। पहले की कई परम्पराएँ तथा कृत्य आज के मूल्यों की परिपेक्ष्य में सिर्फ अस्वीकार्य ही नहीं हैं वरन त्याज्य भी है। लोकतांत्रिक शासन व्यवस्था स्वतंत्रता, समानता और बन्धुत्व की उदार भावनाओं पर आधारित है। प्रत्येक मनुष्य को अपने अंदर छुपी हुई असीम संभावनाओं को उद्घाटित करने का अन्य किसी भी व्यक्ति के बराबर का अधिकार है। ऐसे में किसी भी व्यक्ति अथवा समूह को अपने अतीत (इतिहास) के आधार पर अपने को श्रेष्ठ और अन्य को निम्नस्तर का मानने का कोई हक नहीं है। प्रत्येक व्यक्ति आज से शुरूआत कर एक गौरव शाली भविष्य का निर्माण कर सकता है। इसलिए किसी के लिए भी इतिहास गर्व अथवा शर्म का विषय नहीं होना चाहिए। वरन सिर्फ इतिहास को जानना चाहिए ताकि उसकी गलतियों से सबक लिया जा सके। शायद बाबा साहब की उक्ति का भी यही अभिप्राय रहा होगा।

21. काम न करने की प्रवृत्ति

सन 1946 में जब अंग्रेजों ने यह निर्णय लिया कि उन्हें यह देश छोड़कर वापस इंग्लैंड चले जाना है, तब संविधान की संरचना हेतु संविधान सभा का गठन किया गया। कुछ ही समय बाद देश का भारत और पाकिस्तान में बँटवारा और आजादी के बाद संविधान सभा का भी बँटवारा हो गया।

भारतीय संविधान सभा द्वारा " संविधान प्रारूप समिति " का गठन किया गया जिसमें सात सदस्य नियुक्त किए गए। डा. भीमराव अम्बेडकर को इस इस समिति का अध्यक्ष नियुक्त किया गया। इस समिति में डॉ. अम्बेडकर की भूमिका को संविधान सभा की बैठक में प्रारूप समिति के ही एक अन्य सदस्य टी . टी. कृष्णामाचारी ने नवम्बर, 1948 में इन शब्दों में अभिव्यक्त किया था " संभवतः सदन इस बात से अवगत है कि आपने ड्राफ्टिंग कमेटी में जिन सात सदस्यों को नामांकित किया है, उनमें से एक ने सदन से इस्तीफा दे दिया है और उनकी जगह अन्य सदस्य आ चुके हैं, एक सदस्य की इसी बीच मृत्यु हो चुकी है, और उनकी जगह कोई नए सदस्य नहीं आए हैं। एक सदस्य अमेरिका में थे और उनका स्थान नहीं भरा गया। एक अन्य व्यक्ति सरकारी मामलों में उलझे हुए थे, और वह अपनी जिम्मेवारी का निर्वाह नहीं कर रहे थे। एक दो व्यक्ति दिल्ली से बहुत दूर थे और संभवत: स्वास्थ्य कारणों से समिति की कार्यवाहियों में हिस्सा नहीं ले पाए, सो कुल मिलाकर यही हुआ है कि इस संविधान को लिखने का भार डा. अम्बेडकर के ऊपर ही आ पड़ा है। " (संविधान सभा की बहस खण्ड-7, पृष्ठ -231)

ऊपर का उद्धरण उल्लेखित करने का उद्देश्य भारतीय संविधान के निर्माण में डा. अम्बेडकर के योगदान को रेखांकित करना नहीं है, बल्कि यह बतलाना है कि अपने देश के विभिन्न विभागों अथवा कार्यालयों में कार्य किस प्रकार सम्पन्न होता है। करीब 15 वर्षों के प्रशासनिक अनुभव के आधार पर मेरे लिए यह कहना संभव हो पा रहा है कि जब किसी महत्वपूर्ण कार्य को सम्पादित करने के लिए कोई समिति बना दी जाती है, तब उस समिति के अधिकांश सदस्यों की कोशिश दी गयी जिम्मेवारी से बचने की होती है। किसी व्यक्ति का स्वास्थ्य साथ नहीं दे रहा होता है, किसी व्यक्ति के घर अथवा रिश्तेदारी में अति महत्वपूर्ण कार्य पड़ जाता है, किसी को समय नहीं मिल पाता, कुछ लोग जानबूझकर काम न आने के बहाने बना देते हैं। अन्ततः काम को पूरा करने की जिम्मेवारी उन गिने चुने लोगों पर आ जाती है, जो अपनी जिम्मेवारी समझते हैं, जिनके पास कर्तव्य बोध है, तथा जो काम को पूजा-भाव से करते हैं। इसी तरह का अनुभव अमूमन प्रत्येक अधिकारी का

होता है। लेकिन वही अधिकारी जब इन गिने-चुने कर्मचारियों को प्रोत्साहन स्वरूप किसी प्रकार की सहुलियत देते है, तब सबसे पहले और सबसे अधिक आपत्ति वे ही लोग करते हैं, जो दिए गए कार्य को सम्पादित करने में सबसे अधिक जी चुराते हैं। उन्हें जिम्मेवार कर्मचारियों को दी गयी छोटी सी सुविधा भी पक्षपात के रूप में नजर आती है और वे न्याय की गुहार लगाते हैं।

दूसरी तरफ विभिन्न कामों को समयबद्ध रूप से पूरा करने के लिए उच्चाधिकारियों से बार-बार पड़ने वाले दबावों के चलते, अधिकारी को जिम्मेवार कर्मचारी को ही बार-बार कार्य सौंपना पड़ता है। फिर उन कर्मचारियों में उत्साह बनाए रखने के लिए कहना पड़ता है "The reward of good work is more work."

क्या आपने सोचा है कि उपरोक्त प्रवृति(काम न करने की) अपने देश के लोगों में ज्यादा क्यों है? क्या यह प्रवृत्ति देश की प्रगति में अवरोधक नहीं है? लोगों की इस प्रवृत्ति को दूर कैसे किया जा सकता है?

22. देने की खुशी

अभी कुछ ही दिनों पहले एक सज्जन जो ग्लूकोमा बीमारी के कारण अपने दोनों आँखों की रोशनी खो चुके हैं, अपने नौजवान बेटे के साथ मेरे विद्यालय में पधारे। अपना परिचय देते हुए उन्होंने मुझे बताया कि वे किसी नवोदय विद्यालय में टी.जी.टी. अंग्रेजी के पद पर संविदा पर पढ़ा चुके हैं। बीमारी के कारण उनके दोनों आंखों की रोशनी चली गयी है। अब वे बेरोजगार है। खेतीबाड़ी भी अधिक नहीं है। साथ में उनका जो बेटा आया है वह ग्रेजुएशन कर चुका है तथा उसे बी एड में एडमिशन लेना है। साथ में वे यह भी बताना नहीं भूले कि जाति के वे ब्राह्मण हैं। तथा, इस विद्यालय में उनके आने का मकसद यह है कि उन्हें विद्यालय से कुछ आर्थिक सहयोग मिले तो उनके बेटे का बी.एड . में नामांकन में उन्हें सहूलियत हो।

बात चीत के क्रम में उन्होंने यह भी बताया कि वे इसके पूर्व अन्य कई नवोदय विद्यालयों में जा चुके हैं, कुछ विद्यालयों से उन्हें आर्थिक सहयोग मिला है और कुछ विद्यालयों के प्राचार्यों ने मना भी कर दिया है। उनके बेटे से पूछ -ताछ करने पर यह ज्ञात हुआ कि वह एक औसत स्तर का विद्यार्थी है। मुझे उस सज्जन की आर्थिक स्थिति (जो उनके कपड़ों से स्पष्ट हो रही थी) तथा बच्चे को शिक्षा दिलाने के जज्बे को देखकर (जो नामांकन कराने हेतु आवश्यक राशि के लिए उनके द्वारा की जानेवाली भागदौड से स्पष्ट था) ऐसा लगा कि उनकी सहायता करनी चाहिए। फलतः मैंने अपनी एक शिक्षिका को निर्देशित किया कि वे अगले दिन प्रातः कालीन प्रार्थना सभा में विद्यालय के बच्चों से उक्त सज्जन की आर्थिक सहायता के लिए आह्वान करेंगी तथा विद्यालय के शिक्षकों- कर्मचारियों से भी सहयोग राशि एकत्र कर उक्त सज्जन के बैंक खाते में भेजना सुनिश्चित करेंगी।

चूंकि सज्जन उस दिन की प्रार्थना सभा समाप्त होने के बाद हमारे विद्यालय में पहुंचे थे, उक्त शिक्षिका को निर्देशित करने के बाद मैंने सज्जन को आश्वस्त किया कि सहयोग राशि अगले कुछ दिनों में उनके बैंक खाते में भेज दी जाएगी। फिर मैंने उनका आगे का प्लान पूछा। उन्होंने बताया कि वे बगल के किसी अन्य विद्यालय में जाना चाहेंगे। मैंने उहें बताया कि वे रुधौली होते हुए सिद्धार्थनगर के विद्यालय में जा सकते हैं फिर वहीं से ट्रेन से पीपीगंज, गोरखपुर के विद्यालय में जा सकते हैं।

वे सज्जन अब बांसी, सिद्धार्थनगर के लिए अपने बेटे के साथ पैदल निकलने लगे। तभी मुझे भी रुधौली जाने की जरूरत पड़ गयी। मैंने सोचा कि अब जबकि मैं रूधौली जा ही रहा हूँ, इन सज्जन एवं उनके बेटे को भी अपनी गाड़ी में साथ ले लूं। बेचारे का 4 किमी पैदल चलने का समय एवं श्रम बच जाएगा तथा किराए के कुछ

रूपये बच जाएँगे। मैंने ऐसा ही किया। हमलोग कुछ ही मिनटों में रुधौली पहुँच गए। अब विदा लेने की बारी आयी। सज्जन ने मेरी सहृदयता की बड़ाई के पुल बाँध दिए और सहयोग के लिए धन्यवाद दिए। लेकिन उन्होंने मुझे अंतिम समय में चलते-चलते आशीर्वाद भी दिया, जिसकी अपेक्षा मुझे उनसे कदापि न थी। सज्जन मुझसे उम्र में छोटे थे। उनकी आर्थिक स्थिति भी मुझसे ठीक न थी। मानवता के नाते और बच्चों की शिक्षा के प्रति उनकी चिंता के नाते उन्हें मैंने सहयोग का आश्वासन दिया। लेकिन उन्होंने मुझे आशीर्वाद क्यों दिया? क्या इसलिए कि उन्हें ज्ञात हो चुका था कि मैं ब्राह्मण नहीं हूँ? फिर मैं सोचने लगा इसी तरह की आर्थिक स्थितियों में निम्न जातियों के कितने लोग भीख माँगकर अपने बच्चों को शिक्षा देने की हिम्मत कर पाते हैं? उक्त सज्जन के बेटे से भी अधिक प्रतिभावान निम्न जातियो के कितने बच्चों का भविष्य आर्थिक विपन्नता के कारण बरबाद हो जाता है? उक्त सज्जन जैसे लोगों के मन से जातीय श्रेष्ठता का दंभ कैसे समाप्त होगा? इन प्रश्नों के अलावा भी और कई प्रश्न हैं, जो मेरे सामने आ खडे हुए?

कुछ दिनों बाद उक्त शिक्षिका ने बताया कि कुल रु.8000 एकत्रित हुए हैं। मैं सोच में पड़ गया कि अब क्या करना चाहिए। फिर सज्जन को अपने किए गए वादे को ध्यान में रखते हुए मैंने कहा कि उक्त सज्जन के खाते में जमा करा दीजिए। लेकिन, उस दिन मेरे मन में उस समय जैसी खुशी नहीं थी, जो सहायता का आश्वासन देते हुए मुझे प्राप्त हुयी थी।

23. तंत्र मंत्र का प्रभाव

बात सन 1994 -95 की है। उस समय मैं जवाहर नवोदय विद्यालय, मधुबनी में पोस्टेड था। अचानक 01 जनवरी की शुबह किसी ने क्वार्टर का दरवाजा. खटखटाया। दरवाजा खोला तो सामने पिता जी खड़े थे। मैंने पूछा कि अचानक कैसे आना हुआ? कहने लगे अबकी बार वह मुझे नहीं छोड़ेगा। वह एक ऐसा जाप कर रहा है जिसके खतम होते ही आज से कुछ दिनों बाद उनकी मृत्यु हो जाएगी ।.उसके बारे में वे मुझसे पहले भी चर्चा कर चुके थे। उनके अनुसार हावड़ा मेंजहाँ वे रहते थे, उनके रास्तेमें एक मुस्लिम तांत्रिक रहता था। उससे कभी उनकी किसी बात पर कहा-सुनी हो गयी थी। तभी से वह उनके पीछे पड़ गया था। और, पिता जी उसकी हर वार का किसी न किसी प्रकार से प्रतिकार करते आ रहे थे। लेकिन अब की बार उन्हें बचना मुश्किल लग रहा था। पिताजी पहले जब कभी इस तरह की बातें करते मैं हंस कर टाल देता। क्योंकि, इस तरह की बातों पर मुझे विश्वास नहीं था। लेकिन इस बार मामला कुछ गंभीर किस्म का लग रहा था। मैंने पूंछा, इस समस्या का समाधान क्या है? उन्होंनेकहा कि किसी ने बताया है कि उत्तर प्रदेश मेंअयोध्या के समीप किसी पीर का मज़ार है, जहाँ दूर-दूर से लोग अपनी समस्याओं को लेकर लोग आते हैं तथा वे उस मज़ार के प्रांगण में तब तक रहते हैं जब तक कि उनकी समस्या का समाधान नहीं हो जाता। अतः उनकी योजना है कि वे भी वहीं जाएँगे तथा तब तक उसी मजार के प्रांगण में रहेंगे जब तक कि उस तांत्रिक के जाप के दिन पूरे नहीं हो जाते। ऐसा करने से उस तांत्रिक के जाप का उनपर कोई असर नहीं होगा और इस तरह उनकी जान बच जाएगी।

एक तरफ पिताजी की जान खतरे में थी, दूसरी तरफ मज़ार की अलौकिक शक्ति में उनका दृढ़ विश्वास था। मैं उनके जिद को भी जानता था। अतएव मुझे उन्हें उस उक्त मज़ार में अस्थायी निवास के लिए जाने हेतु अपनी सहमति देनी पड़ी। कुछ दिनों में तांत्रिक के जाप की अवधि समाप्त हो गयी और पिताजी वहाँ से सकुशल लौट आए और पुनः हावड़ा चले गए। तांत्रिक के जाप से न कुछ होना था और न हुआ। कौन जानता है, पिताजी को मारने हेतु वह कोई जाप भी न कर रहा हो, और वह पिताजी का सिर्फ वहम हो। वास्तव में पिताजी की परेशानी मानसिक थी।अगली बार जब वह गर्मियों की छुट्टियों में घर आए तो मुझे बताने लगे कि वह तांत्रिक अभी भी उनके पीछे पड़ा हुआ है। जिसके कारण उन्हें नींद अच्छी नहीं आती हैऔर वे तरह तरह अजीबोगरीब सपने देखते हैं। लेकिन वे पिछली बार के जैसा भयभीत न थे। उनकी असल समस्या का एहसास तो मुझे पिछली

बार ही हो गया था। अतएव इसबार मौका देख मैंने उन्हें समझाने की कोशिश की कि उनकी समस्या वास्तव में तंत्र-मंत्र की न होकर मनोरोग की है तथा उन्हें किसी मनोरोग चिकित्सक से दिखाना आवश्यक है। वे मेरी बात मान गए और चिकित्सक सेअपना इलाज करवाने के लिए तैयार हो गये। मैंने उन्हें पटना के एक प्रसिद्ध मनोरोग चिकित्सक से दिखाया। पहले ही दिन चिकित्सक ने इलेक्ट्रीक सॉक लगाए और दवाएँ चलने लगी, जिनमें मुख्य दवा नींद की थी। पिता जी को कुछ ही दिनों में अपनी परेशानियों से निजात महसूस होने लगी। इसलिए वे स्वयं ही दवाएँ भी परामर्श के अनुसार लेने लगे। गर्मियों की छुट्टियों के पश्चात वे अपने स्कूल के लिए हावड़ा चले गए। दवा लम्बी चलनी थी, और बार-बार हावड़ा से पटना आना उनके लिए संभव न था। अतएव उधर ही उन्होंने किसी अच्छे मनोरोग चिकित्सक का पता प्राप्त कर लिया और अपना स्वयं इलाज कराने लगे। अगली बार जब वे अवकाश में घर आए, मैंने उनसे उन परेशानियों के बारे में पूछा। कहने लगे कि पहले की अपेक्षा अब काफी ठीक हूं। अपनी कमीज के पाकेट से एक दवा निकाली और बोले अब दवा भी नियामित नहीं लेता हूं। जब कभी परेशानी महसूस होती है इस टिकिया का आधा टुकड़ा ले लेता हूँऔर खाकर सो जाता हूं। मुझे लगा यही मौका है, उन्हें इस बात का एहसास दिलाने का कि तंत्र-मंत्र में कुछ नहीं रखा है।

उनकी बीमारी सिर्फ मानसिक थी और उस तांत्रिक के किए कुछ होने वाला नहीं था। इसलिए मैंने उनसे पूछ लिया, " अब बताइए, पहले तो आप कहते थे कि वह तांत्रिक है, और वह आपको मारना चाहता है। इस बारे मेंआपका क्या विचार है? " उन्होंने कहा, "मुझे मारने का प्रयास तो वह अब भी करता है, लेकिन इस दवा के कारण उसके मंत्र का प्रभाव मुझपर नहीं पड़ता "। उनके उत्तर को सुनकर में विस्मित हो गया, और निरुत्तर भी।

मनोरोग चिकित्सा के क्रम में दी गयी दवाओ से ठीक हो जाने के पश्चात भी पिताजी का विश्वास तंत्रमंत्र के प्रति थोड़ा भी कम नहीं हुआ था। हाँ दवाओ की असर की एक नयी व्याख्या उन्होंने मुझे दे दी थी। जब मै उन्हें लेकर मनोरोग चिकित्सक के पास पहली बार गया था गैंडा- ताबीज पहने वहाँ इलाज के लिए लाए जाने वाले अनगिनत रोगियों को देखा था जिनके परिजन उनके स्थानीय, सस्ता एवं सुलभ इलाज के चक्कर मेंअथवा भूतप्रेत के प्रभाव के चक्कर में बरसों से उन ताबीजों को पहनाए थे। जबकि चिकित्सक के द्वारा इलाज के पूर्व पहला काम होता था उन ताबीजों को काट कर फेंक दिया जाना।

अब जब कभी पिताजी द्वारा दिया गया उस दिन का जबाब मुझे स्मरण होता है सोचता हूँ कितना कठिन काम है लोगों को अंधविश्वासों से मुक्ति दिलाना।

पिताजी तो फिर भी पढ़े लिखे थे। देश की अधिसंख्य जनता अब भी अशिक्षित या अल्प शिक्षित हैऔर उसमें अंधविश्वास कूट-कूट कर भरा हुआ है। विज्ञान के द्वारा निर्मित जन संचार के साधनों का उपयोग इन अंधविश्वासों को दूर भगाने के स्थान पर उन्हें और मजबूत करने के लिए किया जा रहा है। अतएव जबतक जागरूक जिम्मेदार और अंधविश्वासों से मुक्त नागरिक प्रयास नहीं करेंगे ऐसेअंधविश्वासों से मुक्ति संभव नहीं।

24.स्वप्न

आपको कई ऐसी पुस्तकें बाजार में मिल जाएंगी जो यह बताती है कि किस तरह का स्वप्न देखने से किस तरह का जीवन में फल मिलता है। लेकिन स्वप्न का देखना मनुष्य के लिए अब भी एक रहस्य ही है जिसे सुलझाने में मनोवैज्ञानिकों से लेकर जीव विज्ञानी तक लगे हुए हैं।

वस्तुतः मानव मस्तिष्क जब एक विशेष अवस्था में चला जाता है तब मनुष्य स्वप्न देखता है। मस्तिष्क का एक प्रमुख कार्य मानव शरीर के विभिन्न अंगों विशेषकर बाह्य अंगों से संवेदनाओं को प्राप्त करना है तथा उन को उचित निर्देश देना है। यह कार्य हर समय चलते रहता है। लेकिन शरीर के आंतरिक अंगों को अपने संचालन के लिए मस्तिष्क के निर्देशों की कोई आवश्यकता नहीं होती। वे स्वतः चलते रहते हैं। मस्तिष्क का दूसरा प्रमुख कार्य सोचना, विचारना तथा कल्पना करना है। मस्तिष्क का एक हिस्सा उसके भूतकाल के संदर्भ में सोचता है, दूसरा उसके वर्तमान समय के बारे में सोचता है तथा तीसरा हिस्सा भविष्य के बारे में सोचता एवं कल्पनाएँ करता है।

जब हम गहरी निद्रा में होते हैं, तब मस्तिष्क के उपरोक्त तीनों हिस्से पूर्णतः कार्य करना बन्द कर देते हैं। ऐसी स्थिति में मनुष्य की याददाश्त भी काम नहीं करती है। यही कारण है कि जब मनुष्य गहरी निद्रा से जगता है तो उसे कुछ भी पता नहीं होता है कि सोने की अवस्था में वह किस स्थिति में था। लेकिन स्वप्न की अवस्था में वर्तमान काल के बारे में सोचने की मनुष्य की क्षमता या तो शून्य हो जाती है या अत्यल्प रह जाती है, जबकि उसे भूतकाल और भविष्य के बारे में सोचने या कल्पना करने की क्षमता अपेक्षाकृत अधिक होती है।

भूतकाल की घटनाएँ तथा भूतकाल में की गयी कल्पनाएँ भी अवचेतन मस्तिष्क में संचित रहती है जबकि भविष्य की कल्पनाओं के बारे में मस्तिष्क हमेशा सोचता रहता है।

जब हम गहरी निद्रा में नहीं होते है तब यही भूतकाल की संचित घटनाएँ, कल्पनाएँ और भविष्य की नयी कल्पनाएं आपस में मिलकर तरह-तरह के स्वप्नों का निर्माण करती हैं। लेकिन कभी-कभी वर्तमान के शारीरिक संवेग भी इन स्वप्नों के साथ ही मिल जाते हैं यथा स्वप्न के समय पेशाब लगने की स्वप्न में ही अनुभूति आदि जबकि पेशाब वास्तव में लगा होता है।

स्पष्ट है कि स्वप्न नींद की अवस्था में जब वर्तमान समय के क्रिया-कलापों तथा विषयों के बारे में सोचने की क्षमता प्रायः समाप्त हो जाती है, मस्तिष्क के कुछ

हिस्सों की क्रियाशीलता के परिणाम होते हैं अतः स्वप्न का मनुष्य के भावी जीवन पर कोई भी प्रभाव नहीं पड़ता है।

चूँकि अन्य जीव जन्तुओं का मस्तिष्क मनुष्य के जैसा विकसित नहीं हैं, उनमें अपने भूत और भविष्य के बारे में सोचने की क्षमता भी नहीं है, इसलिए वे स्वप्न भी नहीं देखते हैं।

9 788195 938858